ARENA KINDERBUCH-KLASSIKER

Viel Spaß beim Lesen

Dein [illegible]

Die Herausgeberin der Arena-Kinderbuchklassiker

Dr. Freya Stephan-Kühn, geboren 1943, studierte Geschichte und Latein an der Universität Köln und promovierte anschließend mit einer Dissertation über ein Thema aus der mittelalterlichen Geschichte. Heute lebt sie in Mönchengladbach. Sie ist Leiterin eines Krefelder Gymnasiums und Vorsitzende des nordrhein-westfälischen Landesverbands der Geschichtslehrer. Dr. Freya Stephan-Kühn hat zahlreiche wissenschaftliche Aufsätze verfaßt und sich mit Arena-Büchern wie *Was in den Höhlen begann* ... oder den Titeln aus der *Viel Spaß!*-Reihe auch als Sachbuchautorin einen Namen gemacht. Sie verfügt über eine umfangreiche Sammlung internationaler Kinderbuchklassiker.

Jonathan Swift

Gullivers Reisen

Mit Bildern von
Bernhard Oberdieck

Arena

Die Deutsche Bibliothek – CIP-Einheitsaufnahme
Jonathan Swift:
Gullivers Reisen / Jonathan Swift
Mit Ill. von Klaus Müller
[Dt. Bearb.: Anne Braun]
– 1. Aufl. – Würzburg : Arena, 1993
Einheitssacht.: Gulliver's Travels
ISBN 3-401-04474-5
NE: Stephan-Kühn, Freya [Hrsg.]

---

1. Auflage 1993

Die englische Originalausgabe erschien erstmals 1726
unter dem Titel *Gulliver's Travels.*
Anhand der Originalübersetzung neu bearbeitet
von Peter Klusen
Einband- und Innenillustrationen:
Bernhard Oberdieck
Reihengestaltung: Karl Müller-Bussdorf
Herausgegeben von Dr. Freya Stephan-Kühn
Gesamtherstellung: Chemnitzer Verlag und Druck
GmbH, Werk Zwickau
ISBN 3-401-04474-5

1. Buch

Eine Reise nach Lilliput

1. Kapitel

Mein Vater hatte ein kleines Gut in Nottinghamshire, und ich war der dritte von fünf Söhnen. Als ich vierzehn Jahre alt war, schickten meine Eltern mich auf die Universität nach Cambridge, wo ich drei Jahre lang studierte, bis mein Vater, der nur ein bescheidenes Vermögen besaß, die Kosten des Studiums nicht länger tragen konnte. So schickte er mich kurzerhand in die Lehre zu Mister James Bates, der damals ein berühmter Chirurg in London war, und bei diesem blieb ich vier Jahre. Ab und zu sandte mein Vater mir kleinere Geldbeträge, die ich ausschließlich dazu benutzte, Schiffahrtskunde, Navigation und Mathematik zu studieren; denn ich hegte nicht den geringsten Zweifel daran, daß ich eines Tages zur See fahren würde. Auch als ich im Anschluß an meine Lehrjahre bei Mister Bates an die Universität nach Leiden ging, um dort noch zwei Jahre und sieben Monate Medizin zu studieren, tat ich dies in der Gewißheit, daß mir diese Studien auf späteren Seereisen von großem Nutzen sein würden.

Kurz nach meiner Rückkehr aus Leiden verschaffte mir der gute Mister Bates dann auch wirklich eine Stelle als

Schiffsarzt auf der *Swallow*, deren Kapitän Abraham Pannell war. Ich blieb auf diesem Schiff dreieinhalb Jahre und unternahm einige Reisen in das östliche Mittelmeer und in andere Gegenden der Welt. Nach meiner Rückkehr beschloß ich dann, mich in London als Arzt niederzulassen und eine Familie zu gründen. Nachdem ich mit Mister Bates' Hilfe eine kleine Praxis eröffnet hatte, beendete ich auch bald mein Junggesellendasein und heiratete Mary Burton, die zweite Tochter des Kleiderhändlers Edmond Burton.

Die Praxis ging indes mehr schlecht als recht, und die vierhundert Pfund Mitgift meiner Frau waren auch fast aufgezehrt, so daß ich mich schließlich entschloß, wieder zur See zu fahren. Als mir Kapitän William Pirchard kurz darauf anbot, als Schiffsarzt auf seiner *Antelope* eine Reise in die Südsee zu machen, willigte ich sofort ein. Am 4. Mai des Jahres 1699 stachen wir von Bristol aus in See, und alles verlief zunächst ganz gut.

Ich kann dem Leser unmöglich alle Einzelheiten der zahlreichen Erlebnisse auf dieser Fahrt schildern. Um aber doch einen Eindruck davon zu vermitteln, sei der entsetzliche Sturm erwähnt, der uns Anfang November so zusetzte, daß wir binnen kürzester Zeit zwölf Mann verloren. Hoffnungslos trieb das Schiff irgendwo nordöstlich vor Tasmanien, und wir schrieben den 5. November, den Tag, an dem in dieser Gegend der Sommer anfängt, als vor uns in der Gischt plötzlich ein gigantisches Riff auftauchte. Der Wind trieb uns genau darauf zu, und bevor auch nur

einer einen Gedanken fassen konnte, hatte die *Antelope* das Riff schon gerammt und zerbarst. Sechs von uns konnten mit letzter Kraft noch ein Rettungsboot aussetzen, und wir versuchten, von dem sinkenden Schiff und den Klippen wegzukommen, was uns zunächst auch zu gelingen schien, doch wir waren dermaßen entkräftet, daß uns die Ruder entglitten. Dann erfaßte eine heftige Böe das kleine Boot und warf es um.

Was aus meinen Kameraden im Boot und der übrigen Mannschaft geworden ist, weiß ich nicht, doch ist anzunehmen, daß sie alle ertrunken sind. Ich für meinen Teil tauchte recht unversehrt aus den Fluten empor und ließ mich von Wind und Wellen treiben. Ich hatte schon alle Hoffnung aufgegeben und mit dem Leben abgeschlossen, da fühlte ich plötzlich festen Boden unter den Füßen und erblickte vor mir einen weiten Strand, gleichzeitig ließ der Sturm nach. Der Strand war so flach, daß ich gut eine Meile kriechen und waten mußte, bevor ich das trockene Ufer erreichte. Es war etwa acht Uhr abends, und ich schleppte mich noch eine halbe Meile weiter, ohne auch nur die geringste Spur von Häusern oder Menschen zu entdecken. Allerdings war ich auch so erschöpft, daß ich von meiner Umgebung kaum noch etwas wahrnahm. Todmüde fiel ich schließlich ins Gras und schlief auf der Stelle ein.

Ich glaube, nie mehr in meinem Leben habe ich so fest geschlafen wie in dieser Nacht. Als ich erwachte, war heller Tag. Ich wollte aufstehen, konnte mich aber nicht bewegen. Ich lag auf dem Rücken und spürte, daß meine Arme und Beine auf jeder Seite ganz fest an den Boden gefesselt waren. Auch mein langes, dichtes Haar war dermaßen am Boden festgebunden, daß ich den Kopf nicht bewegen konnte. Ich spürte zudem, daß dünne Stricke kreuz und quer über meinen Körper gespannt waren. Ich konnte lediglich geradeaus in den blauen Himmel blicken. Auf einmal fühlte ich deutlich, wie auf meinem linken Bein etwas herumkrabbelte. Irgend etwas arbeitete sich leise vorwärts und kam über Bein, Bauch und Brust immer näher an mein Kinn heran. Ich schielte ängstlich nach

unten und erblickte allen Ernstes eine winzige menschliche Gestalt, höchstens sechs Zoll groß, die mit Pfeil und Bogen bewaffnet war und einen Köcher auf dem Rücken trug. Nun bemerkte ich, daß diesem ersten Winzling noch mindestens vierzig weitere folgten. Ich bekam einen solchen Schreck, daß ich laut aufschrie, was wiederum die kleinen Geschöpfe so erschreckte, daß diese ihrerseits aufschrien und entsetzt davonliefen. Später hörte ich, daß einige sich schwer verletzt hatten, als sie in Panik von mir heruntergesprungen sind. Es dauerte indes nicht allzu lange, da kamen sie zurück, und einer wagte sich so dicht heran, daß er mir direkt ins Gesicht sehen konnte. Voller Erstaunen und Bewunderung hob er die Hände und rief mit klarer Stimme: »Hekinah degul!« Die anderen wiederholten die-

se Worte mehrere Male, aber damals wußte ich noch nicht, was sie bedeuteten.
Unterdessen befand ich mich nach wie vor in einer sehr unangenehmen Lage. Ich versuchte, mich zu befreien, und konnte mit aller Anstrengung schließlich meinen linken Arm losreißen, gleichzeitig lockerte ich mit einem kurzen, schmerzhaften Ruck die Stricke, mit denen meine Haare auf der linken Seite festgebunden waren, so daß ich mich nun so weit aufrichten konnte, daß ich sah, wie ich gefesselt war. Meinen Kopf konnte ich jetzt immerhin ein paar Zentimeter zur Seite drehen. Ehe ich aber eines der kleinen Geschöpfe greifen konnte, waren sie bereits wieder geflüchtet. Dann vernahm ich ein lautes, schrilles Gekreisch, worauf eine kurze, tiefe Stille eintrat, bevor ein dumpfer Ruf erklang: »Tolgo phonac!« Gleichzeitig trafen wohl über hundert Pfeile meine linke Hand und stachen mich wie Nadeln. Schon war eine zweite Salve in der Luft, und einige dieser Pfeile regneten auf mein Gesicht, das ich mit der Linken kaum abschirmen konnte. Als diese Attacke vorüber war, stöhnte ich vor Schmerz und Elend und versuchte erneut, mich zu befreien, was mir jedoch nur einen weiteren, noch schmerzhafteren Pfeilregen einbrachte; außerdem versuchten nun einige sogar, mich mit Speeren in die Seite zu stechen. Glücklicherweise trug ich meine Weste aus festem Büffelleder, das die Kleinen nicht durchbohren konnten.
Ich beschloß, daß es das beste sei, mich ruhig zu verhalten und bis zum Einbruch der Dunkelheit liegenzubleiben, um

mich dann von den restlichen Stricken zu befreien. Als die kleinen Quälgeister sahen, daß ich offensichtlich meinen Widerstand aufgegeben hatte, ließen sie mich in Ruhe, doch schwoll nun um mich herum der Lärm an, aus dem ich schloß, daß immer mehr der Winzlinge herbeiströmten. Gleichzeitig setzte dicht neben meinem rechten Ohr ein nervtötendes Klopfen und Hämmern ein, als würden Zimmerleute einen Dachstuhl errichten. So gut es eben ging, wandte ich meinen Kopf in Richtung des Lärms und sah, daß dort in Windeseile ein stattliches Gerüst aus dem Boden gewachsen war, das in Höhe meines Ohres eine Plattform besaß, auf der vier dieser Zwergwesen Platz finden konnten. Über eine lange Leiter kletterte einer von ihnen, der von höherem Stand und mittleren Alters zu sein schien, soeben hinauf, stellte sich in Positur und richtete das Wort an mich. Er hielt eine lange, laute Ansprache, die bisweilen bedrohlich, bisweilen freundlich und auch schon einmal mitleidig klang und von der ich keine Silbe verstand. Als er schließlich geendet hatte, antwortete ich höflich und untertänig mit wenigen Worten, aber da ich schon Stunden vor dem Untergang unseres Schiffes und seitdem nichts mehr gegessen hatte, siegte der Hunger schnell über alle Höflichkeit, und unmißverständlich steckte ich mehrmals die Finger meiner freien Hand in den Mund, um so mein dringendes Bedürfnis nach etwas Eßbarem auszudrücken.

Der Hurgo – so nennt man dort hochgestellte Persönlichkeiten, wie ich später erfuhr – auf dem Podest deutete meine

Gesten richtig. Er stieg vom Gerüst, und auf seine Anordnung wurden Leitern an meine Seite gelehnt, über die etwa hundert der kleinen Leute zu mir hinaufstiegen. Sie trugen Körbe voll Fleisch über meine Brust bis zu meinem Mund, und hastig aß ich das köstliche Fleisch der unterschiedlichsten Tiere. Schulterstücke, Keulen und Rippenstücke – alles mundete mir vorzüglich und war delikat zubereitet, allein keines dieser Teile war größer als der kleine Flügel einer Lerche, und selbst die größten Brotlaibe hatten lediglich den Umfang einer Flintenkugel. Die kleinen Geschöpfe staunten nicht wenig über meinen Appetit, rannten hin und her und schleppten immer neue, schwere Körbe die Leitern hoch, um mich satt zu bekommen.

Natürlich war ich auch durstig und gab dies durch ein anderes Zeichen zu verstehen, woraufhin sie mit viel Geschicklichkeit eines ihrer größten Weinfässer herbeischafften, mir vor den Mund rollten und an einer Seite öffneten. In einem Zug trank ich das Faß aus, für mich war es nicht einmal ein gutgefüllter Pokal! Der Wein indes war ein edles Gewächs und schmeckte wie ein leichter Burgunder. Ein zweites Faß wurde herbeigerollt, das ich genauso schnell und mit noch mehr Genuß leerte wie das erste, und als ich noch mehr Wein und noch etwas zu essen verlangte, gab man mir zu verstehen, daß nunmehr alle Vorräte erschöpft seien.
Auf meinem Bauch und überall auf mir tobten, tanzten und johlten die Winzlinge vor Vergnügen, als hätte ich vor ihren Augen ein Wunder vollbracht. Mit eindeutigen Handbewegungen forderten sie mich auf, die leeren Fässer hinabzuwerfen. Ich machte ihnen die Freude gern, gestehe aber, daß ich versucht war, ein paar von ihnen zu treffen. Auch hatte ich große Lust, mir nun vierzig oder fünfzig von ihnen zu schnappen und auf den Boden zu schleudern. Doch ich dachte sogleich wieder an die Pfeile und an meine demütigen Worte und ließ von dergleichen Gedanken schnell wieder ab. Und hatte mich dieses Volk nicht auch fürstlich bewirtet und mir große Gastfreundschaft erwiesen? Die Unerschrockenheit dieser kleinen Wesen hatte mir außerdem imponiert; denn es gehört schon einiger Mut dazu, auf dem Leib eines so ungeheuren Geschöpfes herumzuspazieren.

Kurz darauf erschien ein Abgesandter Seiner Majestät des Königs. Er hangelte sich auf mein rechtes Schienbein und schritt bis zu meinem Gesicht vor, ein Dutzend Diener in seinem Gefolge. Sodann hielt mir Seine Exzellenz ein Beglaubigungsschreiben mit dem königlichen Siegel vor die Nase und sprach etwa zehn Minuten lang in ganz sachlichem Tonfall auf mich ein. Immer wieder wies er dabei in Richtung der Hauptstadt, die, wie ich später erfahren sollte, nur etwa eine halbe Meile entfernt war und in die ich auf den weisen Rat des Königs gebracht werden sollte. Ich wollte natürlich die Freiheit und teilte dies dem Gesandten mit. Aber obschon dieser meinen Wunsch, den ich durch eine leichte Bewegung meiner freien Hand unterstrich, durchaus verstand, schüttelte er mißbilligend den Kopf und gab mir zu verstehen, daß ich ein Gefangener sei und als solcher in die Hauptstadt überführt werde. Ich konnte seinen Gebärden ferner entnehmen, daß ich genug zu essen und zu trinken und sogar neue Kleidung bekommen sollte. Da verspürte ich noch einmal den Drang, mich loszureißen und zu fliehen. Aber wieder fielen mir die Pfeile ein, denn meine Hände und mein Gesicht brannten immer noch höllisch und waren mit Blasen bedeckt. Auch hatte sich inzwischen noch mehr bewaffnetes Volk eingefunden, so daß ich ihnen schließlich zu verstehen gab, sie möchten mit mir tun, was sie wollten.
Sofort merkte ich, wie die Stricke an meiner linken Seite gelockert wurden, so daß ich mich auf die rechte Seite legen konnte. Mein geschundenes Gesicht und die Hände wur-

den sodann mit einer wohlriechenden Salbe bestrichen, und meine Schmerzen ließen fast augenblicklich nach. Dann schlief ich ein und wachte erst Stunden später wieder auf, was auch kein Wunder war, denn wie man mir später sagte, hatten die Ärzte des Königs ein Schlafmittel in den Wein gemischt.

Wie ich im nachhinein erfuhr, wurde dem König, nachdem man mich schlafend am Strand gefunden hatte, hiervon sofort Bericht erstattet, und es war im Hohen Rat beschlossen worden, mich zu fesseln, mir zu essen und zu trinken zu geben und schließlich eine Maschine zu bauen, mit der ich in die Hauptstadt transportiert werden konnte. Dieser Ratsbeschluß, mich am Leben zu lassen, war alles andere als leichtsinnig. Er war vielmehr weitsichtig, großherzig und klug. Hätte man nämlich versucht, mich im Schlaf durch Pfeile und Speere zu töten, so wäre ich von den Schmerzen wahrscheinlich sofort aufgewacht, hätte wild um mich geschlagen und in meiner Wut alle Stricke und Fesseln zerrissen, wobei die kleinen Wesen hoffnungslos unterlegen gewesen wären und mit Schonung kaum zu rechnen gehabt hätten.

Es ist dieses Volk mathematisch sehr begabt und hat es unter dem besonderen Schutz und der Förderung des Königs vor allem in der Mechanik sehr weit gebracht. So gibt es beispielsweise Maschinen mit Rädern für den Transport von Bäumen. Seine Kriegsschiffe, die manchmal bis zu neun Fuß lang sind, läßt der Monarch an Ort und Stelle im Wald bauen, wo das Bauholz wächst, und sie dann auf einem dieser Geräte über Land weite Strecken bis ans Meer transportieren. Fünfhundert Zimmerleute und Ingenieure mußten nun sogleich ans Werk gehen, um die größte dieser Maschinen für meinen Transport in die Hauptstadt umzubauen. So entstand ein hölzernes Gestell, das etwa sieben Fuß lang und vier Fuß breit war und das auf zweiundzwanzig Rädern lief.

Ich vernahm im Halbschlaf meiner Ohnmacht einen vielstimmigen Freudenschrei, als dieses Gerät, das nach meiner Schätzung bestimmt vier Stunden lang unterwegs gewesen sein mußte, endlich den Strand und meine Person erreichte. Da ich immer noch lang ausgestreckt auf dem Rücken lag, wurde das Fuhrwerk parallel zu mir in Stellung gebracht, und das Problem bestand nun darin, mich etwa einen Fuß hochzuheben und auf den Wagen zu bekommen. Sie benutzten dazu indes eine ebenso einfache wie geniale Methode, indem sie kurzerhand über meinem Körper eine mächtige Holzkonstruktion aus achtzig Pfosten errichteten, an denen Flaschenzüge befestigt wurden. Starke Seile – so dick wie Bindfäden – hingen daran herunter und wurden durch Haken an vielen Binden und Tüchern befestigt, die sie mir um Hals, Bauch und Beine geschlungen hatten. Sodann zogen neunhundert der stärksten Männer an den Seilen, hievten mich Stück für Stück hoch und bugsierten mich schließlich auf den Wagen, wo ich erneut festgebunden wurde. Die ganze Prozedur dauerte nicht weniger als drei Stunden.

All dies erzählte man mir später, denn infolge des Betäu-

bungsmittels, das man mir in den Wein gegossen hatte, nahm ich davon kaum etwas wahr. Fünfzehnhundert der größten Pferde des Landes, jedes mit einem Stockmaß von etwa viereinhalb Zoll, zogen mich schließlich in die Hauptstadt.

Ungefähr vier Stunden nach Beginn unserer Reise wurde ich durch einen kuriosen Zwischenfall geweckt. Als das Fuhrwerk kurz anhielt, weil ein kleiner Schaden behoben werden mußte, kletterten zwei oder drei junge Eingeborene auf den Wagen, die unbedingt wissen wollten, wie ich aussähe, wenn ich schliefe. Sie schlichen ganz vorsichtig zu meinem Gesicht, und einer von ihnen, ein Gardeoffizier, steckte seine Lanze in mein linkes Nasenloch. Es kitzelte mich dies wie ein Strohhalm, und ich mußte heftig niesen, worauf sie sich schnell wieder davonmachten. Erst drei Wochen später erfuhr ich die Ursache meines plötzlichen Erwachens.

Wir legten am selben Tag noch eine beträchtliche Strecke zurück, und als wir das Nachtlager aufschlugen, stellte man an den Längsseiten des Wagens je fünfhundert Wachen auf, ausgerüstet mit Fackeln und Gewehren, so daß an Flucht nicht einmal zu denken war.
Gleich nach Tagesanbruch setzten wir unseren Weg fort und sahen gegen Mittag die Tore der Stadt vor uns liegen. Der König kam uns mit seinem ganzen Gefolge entgegen, und alle hohen Würdenträger waren bemüht, Seine Majestät davon abzuhalten, zu mir nach oben auf den Wagen zu klettern – nur allzu leicht hätte er sich durch einen Sturz verletzen können.
Der Wagen hielt auf einem großen Platz, an dem auch ein alter Tempel stand, wohl der größte im ganzen Land. Einige Jahre zuvor war er durch einen gräßlichen Mord befleckt worden, und das Volk hielt seitdem diesen Tempel für entweiht. So hatte man alle geweihten Geräte aus ihm entfernt und das Gebäude für weltliche Zwecke freigegeben. In diesem Gemäuer sollte ich nun wohnen! Das große, nach Norden zeigende Tor war etwa vier Fuß hoch und zwei Fuß breit, so daß ich immerhin leicht hindurchkriechen konnte. Rechts und links neben dem Tor befanden sich kleine Fenster, und unterhalb des linken befestigte der königliche Hofschmied einundneunzig Ketten von der Art, an der europäische Damen ihre Uhren zu tragen pflegen. Mit sechsunddreißig Vorhängeschlössern schloß er wenig später diese Ketten an mein linkes Bein.
Dem Tempel gegenüber stand ein etwa fünf Fuß hoher

Turm. Auf diesen stieg der König mit zahlreichen hohen Würdenträgern, um mich betrachten zu können. Auf dem Platz liefen ungefähr hunderttausend Menschen zusammen, um mich zu besichtigen, und trotz aller Wachen dürften wohl an die zehntausend auf mir herumgestiegen sein. Immerhin wurde bald darauf eine Verfügung erlassen, daß dies bei Todesstrafe verboten sei.

Als die Menschen sahen, daß ich mich unmöglich selbst befreien konnte, durchschnitten sie alle Stricke, mit denen ich noch gefesselt war, woraufhin ich mich endlich erhob. Das Staunen des Volkes, als es mich zu meiner vollen Größe aufgerichtet sah, läßt sich kaum beschreiben! Die Ketten an meinem Bein gestatteten mir, mich in einem kleinen Halbkreis zu bewegen, und da sie dicht am Tor verankert waren, konnte ich sogar recht bequem in den Tempel kriechen und mich dort lang ausstrecken.

2. *Kapitel*

Ich blieb aber nicht lange liegen, sondern erhob mich bald wieder, um mich ein wenig umzusehen; denn ich muß neidlos gestehen, daß ich zuvor noch nie eine schönere Landschaft gesehen hatte. Das ganze Land schien ein einziger gepflegter Garten zu sein! Die Felder sahen aus wie Blumenbeete, dazwischen gab es kleine Wälder mit Bäumen, die bis zu sieben Fuß hoch waren. Die Stadt zur Linken war wie gemalt und glich einer Theaterkulisse.

Inzwischen war der König vom Turm herabgestiegen und ritt auf mich zu. Dies hätte fast zu einem schweren Unfall geführt, denn als das Pferd mich sah, stieg es hoch und glaubte wohl, ich sei ein Berg, der sich bewegt. Der König war aber ein ausgezeichneter Reiter, hielt sich im Sattel und beruhigte das Tier. Dann stieg er ab und betrachtete mich eingehend und mit großer Bewunderung von allen Seiten. Im Hintergrund warteten die Köche des Königs, und auf einen Wink von ihm kamen sie nun herbei und schoben etwa dreißig Servierwägelchen in meine Reichweite. Darauf häuften sich erlesene

Speisen, und allein zehn der Wagen waren mit Getränken beladen. So hatte ich ein paar köstliche Happen, und von den Getränken goß ich immer zehn der Tonfläschchen in einen umgedrehten Servierwagen und leerte diesen mit einem Zug.

Während der Mahlzeit hatte ich Gelegenheit, den König meinerseits sehr genau zu betrachten, denn er stand nur etwa drei Schritte von mir entfernt. Ich stellte fest, daß er größer als seine Gefolgschaft war, er überragte einen jeden um die Breite meines Fingernagels. Seine Gesichtszüge waren zudem ausgeprägt und männlich, mit einer habsburgischen Lippe und einer gebogenen Nase. Er hatte eine gesunde Hautfarbe, einen athletischen Körper und bewegte sich leicht, anmutig und sehr majestätisch. Obwohl immerhin schon fast neunundzwanzig Jahre alt, wirkte er noch sehr jugendlich und regierte seit sieben Jahren glücklich und erfolgreich.

Er war stets einfach und ohne Prunk gekleidet. Ich habe ihn später oft in meiner Hand gehalten und es nie anders erlebt. Nur auf dem Kopf trug er einen kostbaren Helm aus Gold, der mit Juwelen und Federn geschmückt war.

Anfangs hielt er immer ein blankes Schwert in der Hand, wenn er sich mir näherte, und er hätte mich sicherlich sofort angegriffen, falls ich versucht hätte, mich loszureißen.

Das Schwert war fast drei Zoll lang, und der Griff war mit Diamanten besetzt. Zwar hatte der König eine schrille Stimme, doch sprach er laut und deutlich, so daß

ich ihn selbst dann gut verstehen konnte, wenn ich aufrecht stand.
Die Königin, die Prinzen und Prinzessinnen, Damen und Herren des Hofes, allesamt prächtig gekleidet, sowie zahlreiche Richter und Geistliche hatten sich im Laufe der Zeit um mich versammelt, und der König richtete nun an mich das Wort. Sehr eindringlich redete Seine Majestät auf mich ein, aber ich verstand kein Wort. Ich entgegnete etwas in meiner Sprache, doch der König verstand mich genausowenig wie ich ihn. Er forderte die anwesenden Gelehrten auf, es mit mir zu versuchen, und ich redete sie in allen Sprachen an, von denen ich auch nur ein paar Brocken kannte: Deutsch, Holländisch, Latein, Französisch, Spanisch und Italienisch – alles ohne Erfolg!
Nach gut zwei Stunden zog sich die königliche Gesellschaft zurück, nicht ohne eine starke Wache bei mir zurückzulassen, die mich vor der unverschämten Zudringlichkeit des neugierigen Pöbels schützen sollte. Das Volk drängte sich rücksichtslos an mich heran, und es wurden sogar Pfeile auf mich abgeschossen, während ich friedlich vor meinem Haus auf dem Boden saß. Fast hätte so ein Pfeil mein linkes Auge getroffen! Der Hauptmann der Wache ließ sechs der Übeltäter festnehmen und lieferte mir diese gefesselt aus. Ich nahm sie in die Hand, steckte fünf von ihnen in die Tasche und tat so, als wolle ich den sechsten lebendig verschlingen. Der arme Kerl schrie entsetzlich, und alle waren starr vor

Schreck. Als ich auch noch mein Klappmesser hervorholte und die Klinge zum Vorschein kam, zitterten die Wachleute vor Angst.

Doch wie erleichtert waren sie, als ich das Messer nur dazu benutzte, um die Stricke durchzuschneiden, mit denen der kleine Mann gebunden war! Ich tat dies mit freundlicher Miene und setzte den Kleinen behutsam auf die Erde. So schnell er konnte, rannte er davon. Dann nahm ich die übrigen fünf, einen nach dem anderen, aus der Tasche und ließ sie laufen. Ich merkte an den Reaktionen der Umstehenden sofort, daß diese großzügige und milde Geste sie sehr beeindruckt hatte, und mein Verhalten verschaffte mir am Hof und im Volk schon bald einen sehr guten Ruf.

Gegen Abend begab ich mich mit einigen Schwierigkeiten in mein Haus und legte mich auf den nackten Boden zum Schlafen. Nachdem ich ganze vierzehn Nächte auf diesem Fußboden geschlafen hatte, erhielt ich endlich ein ordentliches Bett. Der König hatte dies angeordnet, und sechshundert Matratzen und entsprechende Mengen an Decken und Bettüchern wurden in mein Haus geschleppt. Jeweils einhundertfünfzig Matratzen wurden zu einer Auflage zusammengenäht, so daß ich am Ende auf vier Schichten schlief. Den harten Steinboden spürte ich allerdings noch immer.

Nachdem sich die Nachricht von meiner Ankunft im Königreich herumgesprochen hatte, zogen Scharen neugieriger Leute herbei, um mich zu sehen. Ganze Dörfer und

Städte müssen leer gestanden haben, so viel Volk drängte sich nun täglich zu mir. Auf den Feldern ruhte die Arbeit, und fast wäre sogar der gesamte Handel zum Erliegen gekommen, so daß der König sich genötigt sah, eine Verordnung zu erlassen, die besagte, daß jeder, der mich einmal gesehen hatte, unverzüglich wieder nach Hause zu gehen habe. Zudem war es diesen Personen ohne amtliche Erlaubnis nicht gestattet, sich meinem Hause mehr als fünzig Schritte zu nähern.

Unterdessen berief der König zahlreiche Ratsversammlungen ein, und man beriet, was mit mir geschehen solle. Später hörte ich, der Hof sei meinetwegen in großer Verlegenheit gewesen, und zwar aus vielerlei Gründen. So befürchtete man zum Beispiel, ich könne mich losreißen oder gar eine Hungersnot auslösen, weil meine Ernährung einfach zu aufwendig sei. Daher hatte man zuerst vor, mich einfach verhungern zu lassen oder mich mit vergifteten Pfeilen zu töten. Dieser Plan wurde fallengelassen, weil die Verwesung eines so riesigen Leichnams zu einer Seuche in der Hauptstadt oder sogar im ganzen Reich hätte führen können.

Als dann jedoch mehrere Offiziere vor dem Rat mein großherziges Verhalten gegen die sechs Missetäter zur Sprache brachten, änderte sich die Stimmung zu meinen Gunsten. Nun wurden durch einen königlichen Erlaß sämtliche Dörfer in der Umgebung der Hauptstadt angewiesen, jeden Morgen sechs Ochsen, vierzig Schafe, genügend Wein und sonstige Getränke für mein leibliches Wohl zu liefern – natürlich gegen Bezahlung. Da die Untertanen so gut wie keine Steuern zu entrichten haben und dem Reich nur zu kostenlosem Kriegsdienst verpflichtet sind, trug allein der König, der über eigene Einnahmen aus seinen Ländereien verfügt, die Kosten für meinen Unterhalt.

Aber damit nicht genug: Sechshundert Personen, für die Zelte an beiden Seiten meiner Tür aufgestellt wurden, mußten mich bedienen. Dreihundert Schneider wurden beauftragt, mir einen Anzug nach Landesmode anzufertigen. Sechs der besten Gelehrten erhielten Anweisung, mich in der Landessprache zu unterrichten, und schließlich erging auch noch an die Garde der Befehl, die königlichen Pferde regelmäßig in meiner Nähe zu reiten, um sie an meinen Anblick zu gewöhnen.

Alle Anweisungen wurden befolgt, alle Maßnahmen durchgeführt, und nach drei Wochen hatte ich bereits große Fortschritte in meinen Sprachstudien gemacht. Während dieser Zeit gab der König mir häufig die Ehre seines Besuches und unterstützte mit sichtlichem Vergnügen meine Lehrmeister in ihren Bemühungen, so daß wir uns bald schon ganz gut verständigen konnten. Zuerst hatte ich gelernt, meinen Wunsch nach Freiheit zu äußern, und bei jeder Zusammenkunft mit dem Monarchen bat ich ihn darum, mir die Freiheit zu schenken. Der König lehnte dies erwartungsgemäß ab und riet mir, Geduld zu haben. Eine solche Entscheidung brauche ihre Zeit und müsse im Rat beschlossen werden. Außerdem müsse ich zuerst ihm und dem Reich Frieden und Treue schwören. Er forderte mich zu untadeligem Verhalten auf, da ja auch ich korrekt behandelt würde, so daß allmählich ein Klima gegenseitigen Vertrauens entstehen könne. Im übrigen möge ich nicht Anstoß daran nehmen, wenn er gleich eine Leibesvisitation an mir vornehmen lasse, da ich ja wahrscheinlich höchst gefährliche Waffen mit mir führte, die mir aus Gründen der Sicherheit abgenommen werden müßten. Ich entgegnete, daß ich bereit sei, meine Taschen vor aller Augen auszuleeren, doch er bestand darauf, daß ich von zwei seiner Beamten durchsucht werden müsse. Zwar sei ihm das Risiko, das die beiden eingingen, durchaus bewußt, doch traue er mir nicht zu, daß ich ihnen etwas antun würde. Alles, was mir abgenommen werde, sollte ich beim Verlassen des Landes zurückbekommen.

Ich nahm die beiden Beamten in die Hand, steckte sie zuerst in meine Rocktaschen und dann in alle anderen, ließ sie aber nicht in meine Geheimtasche, da sich darin einige Kleinigkeiten befanden, die niemanden etwas angingen und die auch nur für mich wertvoll waren. Die Durchsuchungsbeamten hatten Papier, Feder und Tinte bei sich und schrieben gewissenhaft alles auf, was sie fanden. Als sie fertig waren, baten sie mich, sie wieder auf den Boden zu setzen, damit sie dem König ihre Aufzeichnungen bringen könnten. Ich hatte übrigens später Gelegenheit, diese Papiere einzusehen, und habe sie übersetzt. Es hieß darin wörtlich:

In der rechten Rocktasche des großen Menschenbergs fanden wir nach genauester Untersuchung nur ein grobes Stück Stoff von der Größes eines Teppichs. In der linken Tasche stießen wir auf eine große silberne Truhe mit einem Deckel aus demselben Metall, den wir nicht zu öffnen vermochten. Wir verlangten, sie solle geöffnet werden, woraufhin einer von uns hineinstieg und sofort bis zu den Knien in bräunlichen Staub versank, der uns wiederholt zum Niesen brachte. In seiner rechten Westentasche fanden wir ein pralles, mit einem starken Seil zusammengeschnürtes Bündel, das aus dünnen, weißen Blättern bestand, die zusammengerollt und mit großen Buchstaben und Figuren versehen waren. In der linken Westentasche fand sich ein Gerät, aus dessen Rücken zwanzig lange Pfähle, ähnlich den Palisaden vor dem Palast Eurer Majestät, hervorragten. Wir vermuten, daß

sich der Menschenberg damit sein Haar kämmt. In der rechten Hosentasche entdeckten wir ein mannshohes Eisenrohr, das an einem gewaltigen Stück Holz befestigt war. Aus einer Seite des säulenartigen Rohrs ragten merkwürdige eiserne Figuren heraus, deren Bedeutung uns unerklärlich ist. In der kleinen Tasche an der rechten Seite fanden sich mehrere flache, runde Stücke aus weißem und rotem Metall von verschiedener Größe. Einige der weißen schienen aus Silber zu sein und waren so schwer, daß wir sie zu zweit kaum zu heben vermochten. In der kleinen Tasche links steckte ein längliches Gerät, bestehend aus zwei unregelmäßigen, schwarzen Holzdeckeln, zwischen denen zwei riesige Stahlplatten klemmten. Um sicherzugehen, daß es sich hierbei nicht um eine staatsgefährdende Waffe handelt, verlangten wir von dem Menschenberg eine Erklärung. Dieser nahm die beiden Stahlplatten aus ihrem Gehäuse und gab an, man rasiere sich mit der einen in seinem Land den Bart, mit der anderen schneide man Fleisch.

In zwei Taschen konnten wir nicht hineingelangen. Aus der einen hing eine lange Silberkette mit einer wunderbaren Maschine an ihrem Ende. Sie war fast kugelrund und bestand zur Hälfte aus Silber und zur Hälfte aus einem durchsichtigen Material, durch das wir seltsame Figuren sahen, die einen Kreis bildeten. Er hielt diese Maschine an unsere Ohren, und sie machte ein unaufhörliches Geräusch, ähnlich dem einer Wassermühle. Nach unserer Meinung handelt es sich hierbei entweder

um ein unbekanntes Tier oder einen Gott, den er anbetet. Wahrscheinlich trifft das Letztgenannte zu, denn der Menschenberg versicherte uns, er unternehme selten etwas, ohne dieses Ding um Rat zu fragen; im übrigen bestimme es die Zeit für jede Handlung seines Lebens.
Aus der anderen unzugänglichen Tasche zog er ein Netz, das für jeden Fischer zu groß gewesen wäre, und wir sahen darin mehrere massive Goldstücke, die, wenn sie echt sind, einen unermeßlichen Wert haben.
Nachdem wir unseren Auftrag pflichtgemäß durchgeführt hatten, bemerkten wir um seinen Leib noch einen Gurt, der aus der Haut eines riesigen Tieres gefertigt sein muß. Daran hing links ein Schwert, so lang wie fünf Mann, und rechts ein in zwei Kammern geteilter Sack, groß genug, um je drei von uns bequem aufnehmen zu können. In der einen befanden sich schwere Metallkugeln, groß wie unsere Köpfe, in der anderen Kammer waren schwarze Körner, die nicht sehr schwer waren und von denen jeder von uns mehr als fünfzig in einer Hand halten konnte.
Das ist ein genaues Verzeichnis aller am Körper des Menschenberges gefundenen Gegenstände, der uns übrigens sehr höflich und zuvorkommend behandelt hat. Gezeichnet und besiegelt am vierten Tag des neunundachtzigsten Monats der glücklichen Herrschaft Eurer Majestät.

Clefrin Frelock & Marsi Frelock

Nachdem der König dieses Verzeichnis eingesehen hatte, forderte er mich auf, alle aufgeführten Gegenstände abzugeben. Zuerst verlangte er das Schwert, das ich auch sogleich abnahm, während er vorsorglich dreitausend seiner besten Bogenschützen in einiger Entfernung schußbereit hatte antreten lassen. Der König befahl mir, das Schwert, das vom Seewasser zwar leicht angerostet, aber insgesamt noch funkelnd blank war, aus der Scheide zu ziehen. In dem Augenblick, als ich dies tat, stießen die Truppen Schreie des Entsetzens und der Verwunderung aus, denn die Sonne schien hell und blendete ihre Augen, als ich den blitzenden Stahl in der Hand hin und her schwang. Der König gab mir Anweisung, das Schwert wieder in die Scheide zu stecken und es dann auf den Boden zu legen. Danach verlangte er das säulenartige Eisenrohr, womit er meine Taschenpistole meinte. Ich zog sie heraus und versuchte, ihm ihren Gebrauch zu erklären. Ich lud sie mit Pulver, ermahnte den König, nicht zu erschrecken, und schoß in die Luft. Diesmal war die Bestürzung noch größer als beim Anblick des Schwertes. Hunderte fielen wie tot zu Boden, und selbst der König brauchte geraume Zeit, um sich wieder zu beruhigen.
Ich lieferte die Pistole samt Pulver- und Kugeltasche ab, wies aber darauf hin, das Pulver sorgfältig vor Feuer zu schützen, da schon ein Funke genüge, es zu entzünden und den ganzen Palast in die Luft zu sprengen. Dann übergab ich meine Uhr, auf die der König besonders neugierig war. Zwei Männer der Garde mußten sie an einer Stange auf

ihren Schultern vor ihn hintragen. Der König wunderte sich über das unablässige Getöse, das sie von sich gab, und bestaunte die Bewegung des Minutenzeigers, die er gut verfolgen konnte, da die Wahrnehmungsfähigkeit dieser Menschen der unsrigen weit überlegen ist. Nun übergab ich mein Silber- und Kupfergeld, die Börse mit neun großen und ein paar kleinen Goldstücken, das Taschenmesser, meinen Kamm und die silberne Schnupftabaksdose, das Taschentuch und mein Tagebuch. Schwert, Pistole und Pulvertasche wurden auf einem Wagen zur Aufbewahrung in die königlichen Lagerhallen gebracht, die übrigen Dinge bekam ich zurück.

Wie schon gesagt, hatte ich eine versteckte Tasche der Durchsuchung entzogen. Darin befanden sich eine Brille, die ich wegen der Schwäche meiner Augen ab und zu brauchte, ein Taschenfernrohr und einige Kleinigkeiten.

Da diese Habseligkeiten für den König von keinerlei Bedeutung waren, hatte ich mich nicht verpflichtet gefühlt, sie anzugeben, zumal ich befürchtet hatte, sie könnten verlorengehen oder zerbrechen, wenn sie in unbefugte Hände gerieten.

3. Kapitel

Mein zuvorkommendes und friedliches Verhalten hatte den König und seinen Hof, die Armee und das Volk so für mich eingenommen, daß ich zu hoffen begann, schon bald in die Freiheit entlassen zu werden, und ich tat alles, um meinen guten Ruf noch zu verbessern. So kam die Bevölkerung immer mehr zu der Überzeugung, daß sie von mir nichts zu befürchten habe. Manchmal legte ich mich hin und ließ vier oder fünf der kleinen Leute auf meiner Hand tanzen, und schließlich wagten die Jungen und Mädchen sogar, in meinem Haar Verstecken zu spielen. Im Erlernen der Landessprache hatte ich damals schon große Fortschritte gemacht, und eines Tages hatte der König den Einfall, mir einige der althergebrachten Geschicklichkeitsspiele des Landes vorführen zu lassen, zum Beispiel den Seiltanz auf einem dünnen weißen Faden, der etwa zwölf Zoll über dem Boden gespannt ist.
Diesen Seiltanz praktizieren nur solche Personen, die sich um ein bedeutendes Amt und die Gunst des Hofes bemühen, und sie üben sich von klein an in dieser Kunst. Wird dann eine wichtige Stelle frei, so bewerben sich fünf oder

sechs Kandidaten beim König, Seine Majestät und den Hof mit einem Tanz auf dem Seil unterhalten zu dürfen. Wer am höchsten springt, ohne zu fallen, erhält den freigewordenen Posten.

Auch die amtierenden Minister werden vom König regelmäßig aufgefordert, ihre Geschicklichkeit unter Beweis zu stellen und den König so zu überzeugen, daß sie für ihr Amt noch taugen. Flimnap, der Finanzminister, pflegt bei solchen Gelegenheiten auf dem straffgespannten Seil einen Luftsprung zu tun, der mindestens einen Fuß höher ist als der aller anderen. Ich selbst sah ihn mehrmals hintereinander einen Salto auf einem einfachen Holzteller schlagen, der auf dem Seil befestigt war.

Der zweitbeste Seiltänzer ist nach dem Finanzminister mein Freund Redresal, die übrigen hohen Beamten sind einander etwa ebenbürtig.

Ein anderes Spiel findet nur zu besonderen Gelegenheiten und allein vor dem Königspaar und dem Ministerpräsidenten statt. Es geht so, daß der König drei dünne Seidenfäden von sechs Zoll Länge auf einen Tisch legt – einen blauen, einen roten und einen grünen. Mit diesen Fäden werden die Spieler später ausgezeichnet, die nun über einen Stock springen müssen, den der König ihnen waagerecht in beliebiger Höhe hinhält, damit sie vorwärts und rückwärts – je nach Anweisung des Monarchen – darüberspringen sollen. Die Zeremonie findet im großen Thronsaal statt, und manchmal assistiert dem König dabei ein Minister, der das andere Ende des Stockes hält. Zusammen können sie so den Stock auch ganz tief halten, damit der Kandidat sich flach auf den Boden begeben und unter dem Stock hindurchkriechen muß. Derjenige, welcher alle Schwierigkeitsgrade am häufigsten und elegantesten absolviert, wird zum Zeichen der königlichen Gunst mit dem blauen Faden ausgezeichnet, der Zweitbeste bekommt den roten und der Dritte den grünen. Die Sieger schlingen sich die Fäden zweimal um die Hüfte, und man sieht am Hof kaum eine Persönlichkeit, die nicht wenigstens mit einer dieser kleinen bunten Schärpen geschmückt ist.

Die Gardepferde, die man täglich an meinen Anblick gewöhnt hatte, verloren schnell alle Scheu und ließen sich bald bis vor meine Füße reiten. Die Reiter machten sich einen Spaß daraus, meine auf dem Boden ausgestreckte Hand als Hindernis zu benutzen, und setzten ein ums andere Mal darüber hinweg. Einer der Jäger des Königs riskierte sogar einmal einen gewaltigen Satz über meinen Fuß!

Eines Tages bot sich mir die Gelegenheit, dem König eine recht außergewöhnliche Unterhaltung zu bieten. Ich bat ihn, mir einige nicht zu dünne Stöcke von zwei Fuß Höhe bringen zu lassen, was er seinen Forstleuten auch auftrug. Diese erschienen am anderen Morgen mit acht beladenen Fuhrwerken, ein jedes gezogen von sechs Pferden, und ich machte mich ans Werk: Zunächst nahm ich acht Stäbe und steckte sie fest in den Boden, so daß sie ein Viereck bildeten. Vier andere Stäbe band ich quer an den vier Ecken fest. Auf diesen stabilen Rahmen spannte ich mein Taschentuch, und zwar nach allen Seiten so straff wie das Fell einer

Trommel. Ich achtete darauf, daß die vier horizontalen Stäbe etwa fünf Zoll über das Schnupftuch ragten und so ringsum eine Brüstung bildeten. Dann forderte ich den König auf, eine Abteilung seiner Kavallerie, also vierundzwanzig Reiter, auf diesem Platz exerzieren zu lassen. Der König stimmte zu, und ich hob die ganze Abteilung, einen Reiter samt Roß nach dem anderen, sogleich auf die kleine Schnupftuchplattform. Dort formierten sich die Berittenen auf der Stelle in zwei Parteien, lieferten sich Scheingefechte, schossen mit stumpfen Pfeilen aufeinander, hetzten und verfolgten sich und preschten ausgelassen in die Runde, die Querstäbe schützten sie dabei vor dem Abstürzen. Dem König gefiel dieses Treiben so gut, daß er über mehrere Tage nicht müde wurde, ihm zuzusehen, und sich einmal sogar selbst hinaufheben ließ, um den Oberbefehl zu übernehmen. Selbst die Königin überredete er, sich von mir in ihrer Sänfte hinaufheben zu lassen, damit sie aus luftiger Höhe von meiner Hand aus dem kriegerischen Schauspiel zusehen könne.

Zum Glück ereignete sich bei diesen wüsten Spielchen nie ein ernsthafter Unfall. Nur einmal riß der Huf eines besonders wilden Pferdes ein Loch in mein Tuch und überschlug sich mit dem Reiter. Ich half ihnen sofort, hielt das Loch mit einem Finger zu und setzte die ganze Truppe sogleich zu Boden. Das gestürzte Pferd hatte eine leichte Schulterzerrung, dem Reiter war nichts passiert. Zwar stopfte ich mein Taschentuch notdürftig, doch war es mir zu gefährlich, das Spiel noch einmal zu wiederholen.

Ein oder zwei Tage bevor ich freigelassen wurde, kam ein Bote geritten und meldete dem König, man habe in der Gegend, wo ich damals aufgegriffen worden sei, einen sehr merkwürdigen, unförmigen schwarzen Gegenstand gefunden. Es handele sich nicht, wie anfangs befürchtet, um ein lebendiges Wesen, da es nicht atme und ganz ruhig daliege. Einige seien auch hinaufgeklettert und hätten berichtet, der Gipfel sei flach und eben, und darunter müsse sich ein Hohlraum befinden. Alle untertänigsten Vermutungen gingen dahin, daß dieses undefinierbare Etwas dem Menschenberg gehören müsse. Wenn Seine Majestät es befehle, wolle man es mit Hilfe einiger Pferde herbeischleppen.
Mir war auf der Stelle klar, was sie da gefunden hatten, und ich freute mich sehr; denn als ich nach unserem Schiffbruch an den Strand gespült wurde, muß ich so erschöpft und verwirrt gewesen sein, daß ich, ohne es zu merken, meinen Hut verloren hatte, den ich sonst immer mit einem Band am Hals befestigt trug und auch beim Schwimmen aufbehalten hatte. Ich bat den König, den Hut möglichst schnell herbeischaffen zu lassen.
Als die Fuhrleute ihn am nächsten Tag brachten, befand er sich in einem kläglichen Zustand. Sie hatten in den Rand zwei Löcher gebohrt, um daran Haken und Seile zu befestigen, und ihn dann mehr als eine halbe Meile auf dem Boden hinter sich hergeschleift. Glücklicherweise ist der Boden in diesem Land recht eben und glatt, so daß sich der Schaden letztendlich in Grenzen hielt.

Zwei Tage später ließ der König Befehl an alle Truppen in der Hauptstadt und der weiteren Umgebung ergehen, sich augenblicklich auf dem Platz vor dem Tempel zu versammeln. Ich mußte mich aufstellen wie weiland der Koloß von Rhodos und die Beine so weit auseinanderspreizen wie möglich. Dann erhielt der alte General, der ein erfahrener Heerführer und großer Gönner von mir war, den Befehl, die Truppen in geschlossenen Reihen aufzustellen und unter mir durchführen zu lassen, und eine absonderliche Parade, bestehend aus dreitausend Mann zu Fuß und tausend Reitern, setzte sich mit wehenden Fahnen und dröhnenden Trommeln in Marsch. Meine größte Sorge war, daß jemand allzu genau nach oben blickte, denn meine Beinkleider waren in sehr schlechtem Zustand und fielen beinahe auseinander.
Seit meiner Gefangennahme hatte ich so viele Eingaben und Bittschriften zur Erlangung der Freiheit eingereicht, daß Seine Majestät die Sache endlich im Ministerrat und dann auch im Staatsrat zur Sprache brachte. Dort stimmten alle meiner Freilassung zu – mit Ausnahme von Skyresh Bolgolam. Skyresh Bolgolam war Großadmiral und, obwohl ich ihm niemals Anlaß dazu gegeben hatte, mein Todfeind. Er war einer der engsten Berater des Königs und ein erfahrener Politiker, jedoch ein mürrischer und bösartiger Mensch. Zwar konnte man ihn schließlich doch dazu überreden, die Beschlüsse der Räte zu billigen, er setzte aber durch, daß die Urkunde mit den Bedingungen für meine Freilassung von ihm selbst verfaßt werde. Persön-

lich brachte mir Skyresh Bolgolam dann eines Tages dieses Dokument.
Nachdem ich es durchgelesen hatte, mußte ich schwören, alle Punkte getreulich einzuhalten, und zwar sowohl nach der Sitte meiner Heimat als auch nach dem hier geltenden Recht. Letzteres geschah in der Weise, daß ich meinen

rechten Fuß in die linke Hand nehmen, den Mittelfinger meiner rechten Hand auf den Kopf und den Daumen an mein rechtes Ohrläppchen legen mußte. Da der Leser vielleicht neugierig ist, den Stil und die Ausdrucksweise dieser Leute kennenzulernen, habe ich das ganze Dokument wortwörtlich übersetzt:

Golbasto Momarem Eulame Gurdilo Shefin Mully Ully Gue, großmächtiger Herrscher von Lilliput, Entzücken und Schrecken des Weltalls, dessen Länder bis an den Rand des Erdballs reichen, der König der Könige, größer als die Söhne der Menschen, dessen Füße bis zum Mittelpunkt der Erde reichen und dessen Haupt die Sonne berührt, auf dessen Wink allen Fürsten der Erde die Knie erzittern, lieblich wie der Frühling, wärmend wie der Sommer, fruchtbar wie der Herbst, schrecklich wie der Winter, legt dem kürzlich in Unserem Reich angelangten Menschenberg folgende Bedingungen für seine Freilassung vor, die einzuhalten er sich durch einen feierlichen Eid verpflichtet:

1. Der Menschenberg darf Unsere Länder nicht ohne Unsere mit königlichem Siegel amtlich ausgefertigte Genehmigung verlassen.
2. Er soll sich nicht erdreisten, ohne Unseren ausdrücklichen Befehl in Unsere Hauptstadt zu kommen. Erhält er diesen Befehl aber, müssen die Einwohner zwei Stun-

den vorher gewarnt werden und dürfen während seines Aufenthalts ihre Häuser nicht verlassen.
3. Besagter Menschenberg darf für seine Spaziergänge nur Unsere größten Landstraßen benutzen und weder eine Wiese noch ein Kornfeld betreten.
4. Geht er auf einer der besagten Straßen spazieren, hat er äußerste Vorsicht walten zu lassen, um nicht einen Unserer geliebten Untertanen oder ein Pferd zu zertreten. Auch darf er keinen Unserer Untertanen ohne dessen Einwilligung in die Hand nehmen.
5. Der Menschenberg verpflichtet sich, einmal im Monat außergewöhnlich eilige Botschaften in der Weise zu befördern, daß er Boten und Pferde sechs Tagereisen weit in der Tasche trägt und in dergleichen Weise wieder zurückbringt.
6. Er soll unser treuer Verbündeter gegen Unsere Feinde auf der Insel Blefuscu sein und alles tun, um deren Flotte zu vernichten, die sich gerade zu einem Angriff auf Unsere Länder rüstet.
7. Der besagte Menschenberg soll in seiner Freizeit Unseren Arbeitern helfen, schwere Steinblöcke zu bewegen und aufzuheben, die zum Bau Unserer Königlichen Gebäude bestimmt sind.
8. Er soll innerhalb von zwei Monaten eine genaue Karte vom Umfang Unserer Länder erstellen, und zwar auf der Basis der Berechnung seiner eigenen Schritte um die Küste.
Es wird abschließend verfügt, daß der Menschenberg,

nachdem er feierlich geschworen hat, alle obigen Bedingungen zu akzeptieren, eine tägliche Ration von Speise und Trank erhält, die zum Lebensunterhalt von 1724 Unserer Untertanen ausreichen würde. Auch soll er freien Zutritt zu Unserer Königlichen Person und andere Beweise Unserer Gnade erhalten.
Gegeben in Unserem Palast zu Belfaborac, den zwölften Tag des einundneunzigsten Monats Unserer Regierung.

Diese Bedingungen unterschrieb ich in Gegenwart auch des Königs und legte meinen Eid darauf ab. Obwohl nicht alle Punkte besonders ehrenvoll waren, was ich unzweifelhaft diesem ekelhaften Skyresh Bolgolam zu verdanken hatte, war ich damit mehr als zufrieden, zumal man mir sofort meine Ketten abnahm und ich mich nun wieder in völliger Freiheit befand. Ich warf mich dem König voller Dankbarkeit zu Füßen, doch er befahl mir aufzustehen und verabschiedete mich mit vielen ehrenvollen Komplimenten und sprach die Hoffnung aus, daß ich mich als ein treuer Diener erweisen und der Wohltaten würdig zeigen werde, die er mir schon erwiesen habe und auch künftig noch erweisen werde.
Der geneigte Leser wird sich daran erinnern, daß mir im letzten Artikel der Freilassungsurkunde die Tagesration von 1724 Einwohnern Lilliputs zugestanden wurde. Einer meiner Freunde bei Hof, den ich fragte, wie man gerade auf diese Zahl gekommen sei, erzählte mir später, daß die Mathematiker Seiner Majestät diese Zahl ausgerechnet

hätten, indem sie die Höhe meines Körpers mit einem Quadranten gemessen und herausgefunden hätten, daß diese ihre eigene Größe im Verhältnis zwölf zu eins übertreffe, was bedeute, daß mein Körper wenigstens 1724 der ihrigen enthalte und mir folglich die entsprechende Menge Nahrung zustehe. Daraus kann man sich vielleicht eine Vorstellung vom Scharfsinn dieses Volkes und von der besonnenen Wirtschaftsführung des Königs machen.

4. KAPITEL

Nach meiner Freilassung wollte ich zuerst die Hauptstadt Lilliputs, Mildendo, besichtigen. Der König gab mir dazu die Erlaubnis, doch ich mußte versprechen, mich sehr vorsichtig zu bewegen, damit weder Menschen noch Häuser zu Schaden kämen. Durch eine öffentliche Bekanntmachung wurden die Einwohner von meinem Vorhaben in Kenntnis gesetzt.

Mildendo ist von einer Mauer umgeben, die zweieinhalb Fuß hoch und mindestens elf Zoll breit ist, so daß man mit einer Pferdekutsche bequem darauf fahren kann. Im Abstand von zehn Fuß wird sie von starken Türmen flankiert. Ich stieg über das große Westtor und ging behutsam durch die beiden Hauptstraßen. Ich trug nur meine Weste, weil ich Angst hatte, mit den Rockschößen die Dächer zu beschädigen. Mit äußerster Vorsicht bewegte ich mich vorwärts, um bloß niemanden zu zertreten. Zwar hatten alle Einwohner Anweisung, in den Häusern zu bleiben, doch der ein oder andere Nachzügler würde sicher unterwegs sein. Die Dächer und Fenster waren über und über mit Zuschauern besetzt, und ich

habe auf allen meinen Reisen nie mehr einen dichter bevölkerten Ort gesehen.
Der Grundriß der Stadt bildet ein Quadrat, und jede der vier Mauern ist fünfhundert Fuß lang. Zwei breite Straßen kreuzen sich in der Mitte, so daß vier gleich große Stadtteile entstehen, die von schmalen Gassen durchzogen sind, in die ich keinen Fuß setzen konnte. Die Häuser haben bis zu fünf Stockwerke, und die vielen Läden und Märkte zeugen von einigem Wohlstand der etwa fünfhunderttausend Einwohner.
Mitten in der Stadt, wo die beiden Hauptstraßen zusammentreffen, befindet sich der königliche Palast, den eine zwei Fuß hohe Mauer umgibt, die von den Gebäuden etwa zwanzig Fuß entfernt ist. Ich hatte die Erlaubnis Seiner Majestät, über die Mauer zu steigen, und da dahinter genügend Platz war, konnte ich den Palast von allen Seiten betrachten. Der äußere Hof bildet ein Quadrat von vierzig Fuß und umschließt noch zwei weitere Höfe, auf welche die königlichen Gemächer hinausgehen. Ich hätte diese gern auch besichtigt, mußte jedoch darauf verzichten, denn die Gebäude des äußeren Hofes sind mindestens fünf Fuß hoch, und ich hätte trotz der soliden Bauweise nicht darübersteigen können, ohne Schaden anzurichten. Nun wollte der König mir aber durchaus alle Herrlichkeiten seines Palastes zeigen, und ich ersann einen Weg, um doch noch bis zu den Gemächern zu gelangen. Im königlichen Park, der nicht weit von der Stadt entfernt war, schnitt ich mit meinem Messer mehrere der stärksten Bäume ab. Aus

den Stämmen machte ich zwei Schemel, die beide etwa drei Fuß hoch und stark genug waren, mein Gewicht zu tragen. Nachdem das Volk erneut vor meiner Ankunft gewarnt worden war, schritt ich mit meinen Schemeln durch die Stadt zum Palast. Als ich an den äußeren Hof kam, stellte ich mich auf den einen Schemel, nahm den anderen in die Hand, hob ihn über das Dach und setzte ihn behutsam zwischen dem ersten und zweiten Hof nieder. Dann stieg ich bequem von einem Schemel zum anderen über das Gebäude hinweg und zog den ersten mit einem Stock, an dem sich ein Haken befand, nach. Auf diese Weise gelangte ich in den inneren Hof, legte mich auf die Seite und blickte in die Zimmer des mittleren Geschosses. Ich sah die prächtigsten Räume, die man sich nur vorstellen kann. Ich sah auch die Königin, die Prinzen und das Gefolge. Die Königin lächelte mir äußerst charmant zu und reichte mir durch das Fenster ihre Hand zum Kuß.

Etwa zwei Wochen nach meiner Entlassung kam eines Morgens Redresal, der vertrauteste Sekretär des Königs, von einem Diener begleitet in mein Haus. Er ließ seine Kutsche in einiger Entfernung warten und bat mich um ein längeres Gespräch. Da ich ihn sehr mochte und er mir seinerzeit bei Hof viele gute Dienste und Gefälligkeiten erwiesen hatte, stimmte ich bereitwillig zu und bot ihm an, mich hinzulegen, damit er leichter mein Ohr erreichen könne. Er zog es aber vor, sich während unserer Unterredung von mir in der Hand halten zu lassen.

Er gratulierte mir zu meiner Freilassung und deutete an,

daß diese wohl nicht so bald erfolgt wäre, gebe es da nicht Umstände bei Hofe, die ihm Sorgen bereiteten. »Denn«, so sagte er, »so blühend einem Außenstehenden auch der Zustand des Landes erscheinen mag, so leiden wir doch an zwei großen Übeln, und zwar an einem gefährlichen Streit im Inneren und der Gefahr des Eindringens eines mächtigen Feindes von außen. Sie müssen nämlich wissen, daß es hier seit etwa siebzig Monaten zwei einander sich heftig bekämpfende Gruppen gibt, die Tramecksan und die Slamecksan, so genannt nach den hohen und den flachen Absätzen ihrer Schuhe, durch die sie sich unterscheiden. Zwar heißt es allgemein, die hohen Absätze entsprächen eher unserer alten Verfassung, aber Seine Majestät hat nun einmal angeordnet, daß im gesamten Bereich von Regie-

rung und Verwaltung flache Absätze zu tragen sind. Sicher ist Ihnen nicht entgangen, daß die königlichen Absätze Ihrer Majestät mindestens ein Drurr, das ist etwa die Stärke einer Eierschale, niedriger sind als alle anderen am Hof. Der Haß zwischen den Parteien ist so groß, daß sie nicht mehr gemeinsam essen und trinken ja, nicht einmal mehr miteinander reden. Wir glauben, daß die Tramecksan, also die Träger der hohen Absätze, uns zahlenmäßig überlegen sind, aber die Macht liegt nach wie vor fest in unserer Hand. Allerdings befürchten wir, daß der Erbe des königlichen Throns, der Kronprinz, eine gewisse Vorliebe für die hohen Absätze hegt, darauf deutet jedenfalls die Tatsache hin, daß der eine seiner Absätze höher ist als der andere, weshalb er beim Gehen auch kräftig hinkt.
Mitten in diesem schwelenden innenpolitischen Konflikt droht uns nun auch noch eine Invasion durch die Insel Blefuscu, dem zweiten großen Reich der Welt, das fast ebenso groß und mächtig ist wie das Seiner Majestät. Was im übrigen Ihre oft geäußerte Meinung betrifft, mein Bester, daß es noch andere Königreiche und Staaten auf der Welt gebe, die von ebenso großen menschlichen Wesen bewohnt seien wie Sie, so wird diese von unseren Gelehrten stark bezweifelt. Vielmehr sind sie der festen Auffassung, daß Sie vom Mond oder von einem Stern herabgefallen sein müssen. Schließlich ist doch ganz klar, daß hundert Sterbliche Ihres Kalibers in kürzester Zeit alles Vieh und die gesamte Ernte im Reiche Seiner Majestät verschlungen haben würden. Außerdem werden in unseren Geschichts-

büchern seit sechstausend Monaten nur die beiden großen Reiche Lilliput und Blefuscu erwähnt, und diese beiden Großmächte sind seit sechsunddreißig Monaten in einen verbissen geführten Krieg verstrickt, der aus folgendem Anlaß ausbrach: Bekanntlich wird ein anständiges Hühnerei ja ursprünglich vor dem Essen an der breiteren, stumpfen Seite aufgeklopft oder geköpft. Nun hatte ausgerechnet der Großvater Seiner Majestät, als er als Knabe ein Ei nach altem Brauch aufschlug, das Pech, sich dabei in den Finger zu schneiden. Daraufhin verkündete sein königlicher Vater ein Gesetz, das allen Untertanen bei Androhung schwerster Strafe befahl, ihre Eier nur noch an der spitzen Seite zu öffnen. Das Volk empörte sich dermaßen über diese Verfügung, daß in der Folgezeit sechs schwere Rebellionen ausbrachen, in denen ein König sein Leben und ein anderer seinen Thron verlor.
Die Aufstände wurden durch den König von Blefuscu noch geschürt, indem er den Verbannten und Flüchtlingen in seinem Land Zuflucht gewährte. Man schätzt, daß insgesamt elftausend Menschen es vorgezogen haben, in den Tod zu gehen, statt sich dem Diktat zu unterwerfen, ihre Eier am spitzen Ende zu öffnen. Während der Eierunruhen machten uns die Herrscher von Blefuscu immer wieder den Vorwurf der Verbreitung religiöser Irrlehren. Sie behaupteten, wir hätten gegen die fundamentale Lehre unseres großen Propheten Lustrog im vierundfünfzigsten Kapitel des Blundecral – das ist unser Koran – verstoßen, in dem es heißt: › Alle Rechtgläubigen schlagen ihre Eier am

richtigen Ende auf.‹ Welches aber das richtige Ende ist, muß meiner Meinung nach jeder mit seinem Gewissen ausmachen oder der Entscheidung des obersten Machthabers anheimgestellt werden.
Im Laufe der Zeit hatten nun die verbannten Breitender am Hofe von Blefuscu solchen Einfluß erlangt und soviel Unterstützung von ihren Anhängern aus der Heimat erhalten, daß es zwischen den beiden Reichen zum Bruch und zum blutigen Krieg kam, der nunmehr seit sechsunddreißig Monaten mit wechselnden Erfolgen andauert. Wir haben inzwischen vierzig unserer größten Schiffe und noch mehr kleine Boote sowie dreißigtausend unserer tapfersten Matrosen und Soldaten verloren; der Verlust des Gegners ist noch um einiges höher. Aber nun hat er eine gewaltige Flotte aufgestellt, und wir rechnen mit einer baldigen Landung an unserer Küste, und Seine Majestät, voll Vertrauen in Ihre Tapferkeit und Stärke, hat mich beauftragt, Ihnen den Stand der Dinge mitzuteilen und zu erläutern.«
Ich bat den Sekretär, er möge dem König melden, daß ich mich als Fremder nicht für befugt halte, mich in Parteistreitigkeiten einzumischen, daß ich aber bereit sei, seine Person und sein Reich unter Einsatz meines Lebens gegen jeden Angriff zu verteidigen.

5. Kapitel

Nordöstlich der Insel Lilliput liegt in einer Entfernung von achthundert Ellen das Reich Blefuscu. Ich hatte diese Insel trotz ihrer Nähe noch nicht gesehen, und als ich nun von der bevorstehenden Invasion hörte, ließ ich mich im Nordosten Lilliputs nicht blicken, um nicht von feindlichen Schiffen entdeckt zu werden. Da der schmale Kanal zwischen den Inseln während des Krieges gesperrt war und jeder Verkehr bei Todesstrafe verboten war, konnte der Feind von mir noch nichts wissen. Um Seiner Majestät und dem Reich zu helfen, hatte ich mir den Plan ausgedacht, die gesamte feindliche Flotte zu erobern, die nach den Berichten unserer Spione im Hafen von Blefuscu vor Anker lag und nur noch auf günstigen Wind wartete, um uns anzugreifen. Der König war hoch erfreut und ließ mir bei meinen Vorbereitungen freie Hand.

Ich erkundigte mich bei den erfahrensten Seeleuten nach der Tiefe der Meerenge, und sie gaben an, bei Flut betrage diese in der Mitte siebzig Glumgluffs, das sind etwa sechs Fuß, also nicht viel mehr als meine Körpergröße. An allen anderen Stellen sei das Meer nicht tiefer als fünfzig Glumgluffs. Daraufhin begab ich mich an die nordöstliche Küste, ging hinter einer Anhöhe in Deckung und zog mein kleines Taschenfernrohr hervor, um mir die Flotte des Feindes einmal anzusehen. Ich zählte etwa fünfzig Kriegsschiffe und etliche Lastkähne. Dann ging ich zurück zu meinem Haus und erteilte den Auftrag, mir eine große Menge starker Taue und Eisenstangen zu liefern. Die Taue hatten die Stärke von Bindfäden, und die Stangen waren nicht dicker und länger als Stricknadeln, so daß ich zunächst einmal je drei Taue miteinander verflocht und auch je drei der Stängchen ineinanderdrehte, deren Ende ich zu einem Haken umbog. Nachdem ich fünfzig solcher Haken an ebenso vielen Seilen befestigt hatte, begab ich mich wieder an die Küste, zog Rock, Schuhe und Strümpfe aus und watete ungefähr eine halbe Stunde vor Eintreten der Flut in die See. Das Wasser stieg mit jedem Schritt höher, und in der Mitte des Kanals mußte ich ungefähr zwanzig Schritt schwimmen, bevor ich wieder stehen konnte. In weniger als einer halben Stunde erreichte ich die ersten feindlichen Schiffe. Als die Matrosen mich erblickten, sprangen sie vor Angst und Schrecken kopfüber ins Wasser und schwammen ans Ufer. Ich hakte nun am Bug eines jeden Schiffes eines meiner Taue ein und knotete am Ende das Seilbündel zusammen. Während ich damit beschäftigt war, schossen die Feinde mehrere tausend Pfeile auf mich ab, die mich schmerzhaft im Gesicht und an den Händen trafen, einige blieben tief in der Haut stecken. Die Pfeile störten mich sehr bei meiner Arbeit, und ich hatte Angst,

daß einmal einer ins Auge gehen könnte. Da fiel mir zum Glück ein, daß ich ja in der Geheimtasche meine Brille bei mir trug, und schnell setzte ich sie fest auf meine Nase. So geschützt führte ich mein Werk rasch fort und kümmerte mich nicht weiter um die Pfeile, die zwar ab und zu gegen die Gläser schlugen, aber keinen Schaden anrichteten. Nachdem ich den letzten Haken befestigt hatte, nahm ich den Knoten in die Hand und machte mich mit meiner Beute auf den Rückweg. Aber die Schiffe waren gut verankert und rührten sich nicht von der Stelle. Kurz entschlossen nahm ich mein Messer und kappte die Ankertaue. Jetzt konnte ich mit Leichtigkeit das Bündel der fünfzig größten feindlichen Kriegsschiffe durch die Fluten hinter mir herziehen.

Die Blefuscudier wußten anscheinend gar nicht, wie ihnen geschah, und waren vor Entsetzen gänzlich verwirrt. Sie hatten wohl angenommen, es sei meine Absicht, die Flotte zu zerstören oder die Schiffe aufs Meer hinauszutreiben. Als sie aber sahen, daß ich mit der unversehrten Flotte im Schlepptau in Richtung Lilliput verschwand, begann ein schreckliches Jammern und Wehklagen, das noch lange übers Meer zu mir herüberschallte. Nachdem ich außer Schußweite war, hielt ich kurz an, um mir die Pfeile herauszuziehen, die in meinen Händen und im Gesicht steckten; auch rieb ich die lädierten Stellen mit jener Heilsalbe ein, die ich schon zuvor als sehr wohltuend kennengelernt hatte. Dann nahm ich meine Brille ab, wartete noch eine knappe Stunde auf das Sinken der Flut und watete dann mit den erbeuteten Schiffen zurück in den Hafen von Lilliput.

Der König und sein ganzer Hof standen erwartungsvoll am Ufer und hielten nach mir Ausschau. Als ich mich mit den Schiffen näherte, bekamen sie einen gehörigen Schrekken, denn da ich bis zum Kopf im Wasser war, konnten sie zunächst nicht genau erkennen, daß ich die Flotte fest im Griff hatte und hinter mir herzog.

Der König befürchtete schon, ich sei ertrunken und die

feindliche Flotte nahe in kriegerischer Absicht. Doch wurden die Lilliputaner schnell von ihrer Angst erlöst, denn mit jedem Schritt wurde das Meer seichter, und mein Oberkörper ragte immer mehr aus dem Wasser empor. Ich hielt das Bündel mit den verknoteten Enden der Taue in die Höhe und rief laut: »Lang lebe der König von Lilliput!« Der Herrscher empfing mich in allen Ehren, lobte meine Tapferkeit in den höchsten Tönen und verlieh mir auf der Stelle den Titel eines Nardac, welcher die höchste Ehrenbezeichnung des Reiches darstellt.

Dann verlangte der König, ich solle noch einmal hinübergehen und die restlichen Schiffe auch noch holen. Ein unersättlicher Ehrgeiz hatte sich seiner bemächtigt, und ihm schwebte vor, die Insel Blefuscu zu seiner Provinz zu machen und durch einen Statthalter verwalten zu lassen. Eine königliche Eierordnung sollte dafür sorgen, daß alle dort lebenden und bekennenden Breitender ausgerottet und das Volk endgültig zum alleinseligmachenden Spitzendertum bekehrt würde. Seine Majestät schien auf dem besten Weg, sich zum Diktator über die ganze Welt aufschwingen zu wollen.

Ich bemühte mich, ihm diese Pläne auszureden, und führte sowohl politisch-taktische als auch humanitäre Argumente an und erklärte ihm offen, daß ich mich unter keinen Umständen als Werkzeug zur Versklavung eines freien Volkes mißbrauchen lasse. Diese Offenheit hat mir der König niemals verziehen. Im Staatsrat schimpfte er über mich, und obwohl einige weise Ratsmitglieder meiner

Meinung waren, entwickelte sich am Hof allmählich eine feindselige Stimmung gegen mich, die immer bedrohlicher wurde.

Ungefähr drei Wochen nach diesen Ereignissen kam aus Blefuscu eine offizielle Abordnung und überbrachte dem König ein akzeptables Friedensangebot. Nachdem der König es geprüft und sich weitere Vorteile für sein Reich ausbedungen hatte, kam es auch tatsächlich zum Friedensschluß. Die Delegation aus Blefuscu, es waren sechs Gesandte und fünfhundert Begleiter, hatte unter der Hand erfahren, daß ich mich dem König gegenüber entschieden gegen weitere kriegerische Aktionen ausgesprochen hatte und ihm dafür auch nicht mehr zur Verfügung stehen wollte. So kam es, daß die sechs Gesandten mir nach Unterzeichnung des Vertrages einen förmlichen Besuch abstatteten. Sie machten mir zahlreiche Komplimente, lobten meine Tapferkeit und luden mich nach Blefuscu ein. Ich nahm dankend an und trug ihnen auf, ihrem König zu melden, daß ich ihm vor meiner Rückkehr in meine Heimat ganz bestimmt einen Besuch abstatten werde. Nachdem ich, ihrer Bitte entsprechend, noch einige Proben meiner Kraft und Stärke gegeben hatte, verabschiedeten sich die Exzellenzen zutiefst beeindruckt und reisten bald nach Blefuscu zurück.

Bei nächster Gelegenheit versäumte ich es dann auch nicht, den König um die Erlaubnis für einen Besuch der Insel Blefuscu zu bitten, die er mir schließlich nur zögerlich und mit großer Kälte erteilte, was mich eigentlich sehr verwunderte, bis ich erfuhr, daß Flimnap und der elende Bolgolam mein Gespräch mit den Gesandten als ein Indiz für meine verräterische Gesinnung ausgelegt hatten, was natürlich völliger Unsinn war, und ich begann zu ahnen, wie sehr Lug und Trug und Klatsch und Tratsch bei Hofe an der Tagesordnung waren.

Ich muß noch nachtragen, daß meine Unterredung mit den Gesandten mittels eines Dolmetschers geführt wurde, denn die Sprachen der beiden benachbarten Reiche sind so verschieden, wie sie selbst in Europa nicht verschiedener sein können, und jede Nation brüstet sich mit der Schönheit und der langen Tradition ihrer Sprache, wobei sie in einem Atemzug diejenige des Nachbarn als minderwertig abtut. Bezeichnenderweise hatte unser König, im Bewußtsein, durch die Entführung der feindlichen Flotte am längeren Hebel zu sitzen, darauf bestanden, die Friedensverhandlungen in Lilliputanisch zu führen, und auch der Friedensvertrag mußte in dieser Sprache aufgesetzt werden. Tatsache ist, daß man bei dem lebhaften Handel zwischen diesen beiden Reichen, der gegenseitigen Aufnahme von Verbannten und der Gewohnheit der gebildeteren Kreise, ihre Kinder in das andere Land zu schicken, damit sie ihren geistigen Horizont erweitern mögen, kaum jemanden findet, der nicht beide Sprachen beherrscht. Ich konnte mich selbst davon überzeugen, als ich einige Wochen später hinüberging und dem König von Blefuscu meine Aufwartung machte.

Da ich jetzt ein Nardac des Reiches von höchstem Range

war, hatten einige der Artikel meiner Entlassungsurkunde, die mich doch ziemlich herabgewürdigt hatten, für mich keine Bedeutung mehr. Überhaupt sah ich mich unter den gegebenen Umständen zunehmend weniger verpflichtet, den Vertrag sklavisch einzuhalten, was der König stillschweigend duldete.

Dennoch hatte ich bald erneut die Gelegenheit, dem König einen – wie ich jedenfalls damals meinte – großen Dienst zu erweisen. Ich wurde nämlich eines Nachts vom Geschrei vieler Menschen, die vor meiner Tür zusammengelaufen waren, aus dem Schlaf gerissen. Sie schrien unablässig das Wort *Burglum*. Kurz darauf drängten sich Beamte des Hofes durch die Menge und riefen mir zu, so schnell wie möglich zum Palast zu kommen, in den königlichen Gemächern sei durch die Unvorsichtigkeit einer Hofdame, die über einem Roman eingeschlafen sei, ein Feuer ausgebrochen. Ich rannte sofort los, und da man ausgerufen hatte, alle Straßen zu räumen, und überdies der Mond hell schien, erreichte ich den Palast in kürzester Zeit und ohne jemanden zu zertreten.

Leitern waren an die Palastmauern gelehnt worden, und Löscheimer wanderten von Hand zu Hand. Doch das Wasser kam von weit her, und die Eimer waren nicht größer als Fingerhüte. Ich bekam sie hastig zugereicht, doch die wenigen Tropfen, die ich darin schöpfen und auf das Feuer geben konnte, waren weniger als ein Tropfen auf den heißen Stein. Ich hätte den Brand leicht mit meinem Rock ersticken können, hatte diesen aber zu Hause verges-

sen und trug nur meine Lederweste. Die Lage schien ausweglos, und der prächtige Palast wäre mit Sicherheit völlig ausgebrannt, wenn ich nicht plötzlich diese selten geistesgegenwärtige Idee gehabt hätte: Am Abend zuvor hatte ich etliche Humpen eines köstlichen Glimigrims getrunken, das ist ein süffiger Rotwein, der gemeinhin auch sehr harntreibend wirkt. Zum Glück hatte ich mich zur Ruhe begeben, ohne mich zuvor eines Tropfens davon entledigt zu haben. Inmitten der Hitze und des Rauches spürte ich plötzlich ein dringendes Bedürfnis, und mir kam die Idee, das Unabwendbare mit dem Nützlichen zu verbinden. Schnell öffnete ich meine Hose, stellte mich breitbeinig in Positur und ließ das Wasser in großer Menge rauschen, wobei ich darauf achtete, den Strahl immer geschickt auf

die gefährlichsten Brandstellen zu richten. In zwei Minuten war das Feuer gelöscht, und ich hatte den schönen Palast, an dem viele Generationen gebaut hatten, vor der Vernichtung bewahrt.
Es wurde bereits hell, und ich ging müde nach Hause, ohne den Dank des Königs abzuwarten. Auch war ich im Zweifel darüber, ob er meine natürliche Löschmethode so genial gefunden hatte wie ich, denn es gibt da ein Reichsgesetz, nach dem das wilde Pinkeln im Palast ein Kapitalverbrechen ist. Ich war ein wenig beruhigt, als der König mir durch einen Boten mitteilte, er werde sich in dieser Angelegenheit beim Obersten Richter für meine Begnadigung einsetzen, schriftlich bekam ich das aber nicht. Statt dessen trug man mir zu, daß die Königin den größten Abscheu gegen mich und meine Tat empfinde und sich in den entferntesten Teil des Palastes zurückgezogen habe. Sie sei fest entschlossen, die betroffenen Gebäudeteile nie wieder zu betreten, und habe im Kreise ihrer Vertrauten Rache geschworen.

6. Kapitel

Ich bin dem Leser noch einige Angaben in bezug auf die Sitten, Gebräuche und Gesetze dieses sonderbaren Landes schuldig, die ich in einer kleinen Auswahl hier anführe, bevor ich auch noch kurz auf meine eigene Lebensweise in Lilliput eingehe.

Die Lilliputaner schreiben zum Beispiel nicht von links nach rechts wie wir, auch nicht von rechts nach links wie die Araber oder von oben nach unten wie die Chinesen, sondern schräg von einer Ecke des Papiers zur anderen.

Verbrechen gegen den Staat werden im Königreich mit härtester Strenge geahndet. Beweist aber jemand seine Unschuld, so richtet sich die ganze Kraft des Gesetzes gegen den verleumderischen Kläger, der mit dem Tode bestraft und dessen Vermögen dem unschuldig Angeklagten als Entschädigung für die erlittene Ungerechtigkeit überstellt wird.

Betrug ist für sie ein schwereres Verbrechen als Diebstahl und wird in den meisten Fällen mit dem Tode bestraft, da man der Ansicht ist, gegen Diebstahl könne man sich durch verschiedene Maßnahmen wappnen, während gegen die Hinterlist eines raffinierten Betrügers selbst der Klügste oft machtlos sei. Im übrigen sei der ehrliche Mann bei Handels- und Bankgeschäften stets der Unterlegene, und jeder Gauner würde dies ausnützen, wenn Betrug mit Nachsicht behandelt werde.

Zwar sind Belohnung und Strafe in jeder Staatsordnung die beiden tragenden Säulen des Rechts, doch ich kenne kein Land, das diese Grundsätze so konsequent anwendet wie Lilliput. Wenn jemand zum Beispiel nachweist, daß er dreiundsiebzig Monate lang gegen kein Gesetz verstoßen hat, bekommt er eine Prämie und den Titel Snillpall, was soviel heißt wie »der Rechtschaffene«, zugesprochen. Den darf er an seinen Namen hängen, aber nicht vererben.

Bei der Besetzung aller Ämter steht der einwandfreie Lebenswandel eines Kandidaten im Vordergrund, nicht dessen fachliche Befähigung. Sie stehen auf dem Standpunkt, die Regierung sei für die Menschen da, und so könne auch jeder anständige Mensch darin einen Posten bekleiden. Es könne auch von niemandem gewollt sein, daß die Verwaltung staatlicher Angelegenheiten in Geheimniskrämerei ausartet, die nur noch von Spezialisten durchschaut wird. Ehrlichkeit, Gerechtigkeit und Bescheidenheit seien demnach die einzig wahren Einstellungsvoraussetzungen für ein öffentliches Amt. Dementsprechend ist man in Lilliput der Auffassung, daß charakterliche Mängel durch geistige Fähigkeiten niemals aufgewogen werden können, denn die Fehltritte eines anständigen Menschen können der Allgemeinheit nie so schädlich sein wie das Treiben eines intelligenten Schurken.

Als ein schweres Verbrechen gilt übrigens die Undankbarkeit, insofern jeder, der sich seinem Wohltäter gegenüber undankbar erweist, einen schlechten Charakter habe und ein Feind der Menschheit sei.
Was die Pflichten und Rechte nun von Eltern und Kindern betrifft, so sind diese von den unsrigen völlig verschieden. Die Leute sind der Meinung, man dürfe die Erziehung der Kinder nicht den Eltern überlassen. Aus diesem Grund gibt es in allen Städten öffentliche Kinderheime, in welche die Kinder ab dem zwanzigsten Lebensmonat geschickt werden, damit sie dort erzogen und unterrichtet werden.
Während der neun Monate und dreizehn Tage, die ich auf der Insel verbracht habe, führte ich ein recht einfaches Leben. Die meisten Dinge des täglichen Bedarfs mußte ich mir selbst besorgen oder bauen. So schreinerte ich mir aus den größten Bäumen des königlichen Parks einen Tisch und einen Stuhl. Um mir Hemden, Tisch- und Bettzeug anzufertigen, verarbeiteten zweihundert Näherinnen gewaltige Mengen Tuch von der gröbsten und stärksten Sorte. Um Maß für die Hemden zu nehmen, wiesen die Frauen mich an, mich lang auf die Erde zu legen. Dann kletterte eine auf meinen Hals, eine andere auf mein Knie, und beide spannten ein starkes Seil zwischen sich, dessen Länge eine dritte nun abmaß. Hierauf maßen sie noch meinen rechten Daumen und erklärten mir, das Daumenmaß diene ihnen als Grundlage für alle weiteren Maße, die nun mathematisch davon abgeleitet werden könnten.
Dreihundert Schneider waren ferner damit beschäftigt,

meine übrige Kleidung herzustellen. Sie arbeiteten nach einer anderen Methode, um mir Maß zu nehmen, und zwar mußte ich mich niederknien, und sie lehnten eine lange Leiter an meinen Hals. Von der höchsten Sprosse in Höhe meines Kragens ließ einer ein Lot herabfallen, das genau die Länge meines Rockes anzeigte. Armlänge und Körperumfang maß ich der Einfachheit halber selbst. Die fertigen Kleidungsstücke ähnelten übrigens sehr den Patchwork-Decken, welche die englischen Damen mit Vorliebe zusammenzustückeln pflegen.
Ich hatte dreihundert Köche um mich, die für mich kochten. Mitsamt ihren Familien wohnten sie in bequemen Zelten in unmittelbarer Nähe meines Hauses. Ging ich zu Tisch, griff ich mir mit einer Hand zwanzig Kellner und setzte sie auf den Tisch. Hundert hatten immer auf der Erde Dienst. Die einen schleppten Schüsseln, die anderen rollten Weinfässer herbei, und sobald ich ein Zeichen gab, wurden die Schüsseln und Fässer mit einem handlichen Flaschenzug nach oben gezogen. So ein Schüsselchen war immer ein guter Happen, zu dem ein Fäßchen Wein vortrefflich mundete. Gelegentlich war einmal eine Rindskeule dabei, für die ich mehr als einen Bissen benötigte. Meine Diener staunten nicht schlecht, wenn sie mich alles mit Haut und Haar verschlingen sahen, besonders Truthähne und Gänse, die immer ganz vorzüglich zubereitet waren und besseres Fleisch haben als unsere daheim. Von dem kleineren Geflügel schob ich mir immer zwanzig bis dreißig Stück auf einmal hinein.

Eines Tages äußerte der König den Wunsch, in Begleitung seiner Gemahlin und der jungen Prinzen mit mir zu Abend zu essen. Die Herrschaften erschienen auch pünktlich, und ich setzte sie in ihren Prunkstühlen auf den Tisch, mir genau gegenüber und etwas entfernt davon die Leibgarden. Auch Flimnap, der Finanzminister, war mitgekommen und blickte während des ganzes Essens mit versteinertem Gesicht zu mir herüber. Ich tat so, als ob ich nichts merkte, um den Burschen ein wenig zu ärgern. Es hatte sich nämlich bis zu mir herumgesprochen, daß er ständig über die hohen Kosten klagte, die mein gewaltiger Appetit der königlichen Kasse verursachte. Damit nicht genug, hing er in letzter Zeit auch noch dem Wahn an, ich würde seiner Frau den Hof machen, nur weil ich sie einmal mitsamt ihrer Kutsche in die Hand genommen hatte! Ich hatte zunehmend das dumpfe Gefühl, daß dieser Flimnap zu allem fähig war, und meine Vorahnungen sollten mich nicht trügen.

7. Kapitel

Kurz bevor ich nämlich dem König von Blefuscu meine Aufwartung machen wollte und die vielfältigen Vorbereitungen mich sehr in Anspruch nahmen, erschien plötzlich mitten in der Nacht ein hochrangiger Beamter des Königs bei mir. Ich hatte dem Mann früher einmal eine Gefälligkeit erwiesen, und nun kam er heimlich in einer geschlossenen Sänfte zu mir und bat um ein vertrauliches Gespräch. Die Sänftenträger wurden fortgeschickt, und ich steckte die Sänfte mit meinem Gast darin in die Rocktasche. Dann gab ich einem zuverlässigen Diener die Weisung, daß ich nicht mehr wünsche, gestört zu werden, da ich mich nicht wohl fühle und mich zur Ruhe begeben wolle. Ich verriegelte die Haustür, stellte die Sänfte auf den Tisch und setzte mich unmittelbar davor.

Wir tauschten die üblichen Begrüßungsfloskeln aus, und ich spürte die Ungeduld in der Stimme meines Besuchers und sah seinen besorgten Blick. Auf meine Frage bat er mich, ihn offen sprechen zu lassen und gut zuzuhören, denn es gehe um meine Ehre und um mein Leben.

»Sie müssen wissen«, begann er, »daß in letzter Zeit Ihret-

wegen mehrere Geheimsitzungen des Staatsrats stattgefunden haben und daß Seine Majestät vor zwei Tagen eine endgültige Entscheidung getroffen hat. Es ist Ihnen ja bekannt, daß Skyresh Bolgolam schon lange Ihr Todfeind ist. Die Gründe für seinen Haß kenne ich nicht, indes hat sich dieser Haß seit Ihrem großen Erfolg über Blefuscu, durch den sein Ruf als Admiral völlig in den Schatten gestellt wurde, noch vergrößert. Bolgolam hat nun zusammen mit dem Finanzminister Flimnap und einigen anderen hochgestellten Persönlichkeiten gegen Sie eine Anklageschrift wegen Hochverrats und anderer Kapitalverbrechen vorbereitet – hier ist sie!« Er hatte eine Abschrift des Dokuments auf den Tisch gelegt, die ich hier wortwörtlich einfüge:

ANKLAGE GEGEN QUINBUS FLESTRIN,
DEN MENSCHENBERG

1. Gemäß einem unter dem seligen König Calin Deffar Plune erlassenen Gesetz macht sich jeder, der innerhalb des königlichen Palastes Wasser läßt, des Hochverrats schuldig. Quinbus Flestrin hat unter dem Vorwand, ein Feuer im Zimmer der königlichen Gemahlin zu löschen, eindeutig gegen dieses Gesetz verstoßen.

2. Nachdem besagter Quinbus Flestrin die Flotte von Blefuscu in den königlichen Hafen gebracht hatte, erhielt er den Befehl, sich auch der übrigen Schiffe des Königreichs Blefuscu zu bemächtigen. Ferner wurde er aufgefordert, sich in vollem Unfang an der Unterwerfung dieses Reiches zu beteiligen und jene blefuscudischen Untertanen, die sich beharrlich weigern, der Irrlehre der Breitenderei zu entsagen, dem verdienten Tode auszuliefern. Flestrin hat sich jedoch wie ein treuloser Verräter verhalten und sich dem Befehl Seiner Majestät widersetzt, indem er vorgab, ein unschuldiges Volk nicht in die Sklaverei stürzen zu wollen.

3. Flestrin hat überdies den Gesandten, die von Blefuscu zu Friedensverhandlungen bei uns weilten, in geheimer Unterredung Vertraulichkeiten über die Verhältnisse bei Hofe und den Zustand des Reiches unterbreitet, obschon er genau wußte, daß Blefuscu erst kürzlich noch der erbittertste Feind Seiner Majestät gewesen und im Krieg gegen Lilliput gestanden war.

4. Schließlich ist Flestrin, sich über alle Pflichten eines treuen Untertanen hinwegsetzend, soeben im Begriff, sich an den Hof von Blefuscu zu begeben, ohne dazu eine schriftliche Erlaubnis Seiner Majestät eingeholt zu haben, was darauf schließen läßt, daß er in hochverräterischer Weise nach Blefuscu überlaufen und sich in die Dienste des dortigen Königs stellen will.

Nachdem ich die Anklageschrift gründlich gelesen hatte, fuhr mein Besucher fort: »Während der Verhandlungen hat der König edelmütig immer wieder auf Ihre früheren Verdienste um das Wohl unserer Insel hingewiesen, um Ihre Vergehen in einem milderen Lichte erscheinen zu lassen. Bolgolam und Flimnap bestanden jedoch darauf, Sie eines grausamen Todes sterben zu lassen, und schlugen vor, Ihr Haus nachts in Brand zu stecken. Zwanzigtausend Schützen sollten es zudem umzingeln und vergiftete Pfeile auf Ihr Gesicht und die Hände abschießen, während gleichzeitig Ihre Diener angewiesen werden sollten, einen giftigen Saft auf Ihre Hemden und Bettücher zu gießen, der Sie dazu getrieben hätte, sich unter höllischen Qualen selbst die Haut vom Leibe zu fetzen.
Der König wies diesen Plan jedoch gegen eine große Mehrheit zurück und forderte Ihren guten Freund Redresal auf, sich zu diesem Fall zu äußern. Redresal räumte sehr diplomatisch ein, daß Ihre Vergehen zwar von schwerwiegender Art seien, jedoch nicht ausschlössen, Milde walten zu lassen. Da seine Freundschaft zu Ihnen ja bekannt sei, sagte er weiter, liege es nahe, daß die Versammlung ihn der Parteilichkeit verdächtigen könne, doch werde er ungeachtet dessen offen und sachlich seine Meinung vortragen, und

er erklärte, in Anbetracht der bereits erwähnten Verdienste möge der König das Leben des Menschenberges gnädigst schonen und ihm lediglich beide Augen ausstechen lassen. So würde auf die einfachste Weise einerseits der Gerechtigkeit entsprochen, andererseits könne der König ein Exempel seiner Großzügigkeit und Milde statuieren. Der Verlust des Augenlichts werde überdies Ihre Körperkraft nicht einschränken, und Sie könnten Seiner Majestät weiterhin von Nutzen sein, sogar von größerem als bisher, da Blindheit bekanntlich den Mut steigere, da sie die Gefahren verberge.
Dieser Vorschlag wurde von der ganzen Versammlung mit der größten Mißbilligung aufgenommen. Bolgolam, der Großadmiral, sprang wütend auf und schrie, er wundere sich, wie jemand es wagen könne, sich für das Leben eines Landesverräters auszusprechen. Er halte an der Anklage wegen Hochverrats fest und bestehe auf der Todesstrafe. Wenn Seine Majestät und alle Versammlungsmitglieder im Innersten von Ihrer Schuld überzeugt seien, spreche doch überhaupt nichts dagegen, Sie zum Tode zu verurteilen, auch dann nicht, wenn ein förmlicher Beweis Ihrer Schuld noch ausstehe.
Der König war jedoch fest entschlossen, kein Todesurteil zu verhängen, und bemerkte einlenkend, da die Ratsversammlung den Verlust des Augenlichtes als eine zu geringfügige Strafe ansehe, werde man später ja noch eine zusätzliche Strafe aussprechen können. Ihr Freund, der Sekretär Redresal, bat noch einmal um Gehör und schlug vor, Ihre

Nahrungsmittelration allmählich immer mehr zu kürzen, so würden Sie jeden Tag schwach und schwächer werden und schließlich an Unterernährung sterben. Dies hätte zudem den Vorteil, daß Ihr vom Hunger geschrumpfter Körper mit weniger Aufwand bestattet werden könne.
Auf diesen Kompromißvorschlag Ihres Freundes Redresal konnte man sich schließlich einigen, und der Plan Ihres Hungertodes sollte streng geheimgehalten werden – zu Protokoll genommen wurde nur der Beschluß, Ihnen die Augen auszustechen.
In drei Tagen wird Redresal zu Ihnen kommen, um Ihnen die Anklageschrift vorzulesen und Ihnen das Urteil Seiner Majestät und der Versammlung zu überbringen, nach dem Sie nur das Augenlicht verlieren sollen. Der König ist überzeugt, daß Sie das Urteil dankbar annehmen und sich der Bestrafung widerstandslos beugen werden. Zwanzig höfische Leibärzte sollen die Operation sachgemäß ausführen und Ihnen, während Sie auf dem Boden liegen, besonders vorbereitete Pfeile in die Augäpfel schießen. Was Sie dagegen tun wollen, muß ich Ihrem Scharfsinn überlassen, was meine Person betrifft, so muß ich Sie jetzt, um keinen Verdacht zu erregen, ganz unauffällig wieder verlassen.« Er verabschiedete sich höflich und ließ mich verzweifelten Herzens und voll quälender Gedanken zurück.
Zuerst erwog ich, die offizielle Anklage einfach abzuwarten. Wenn ich auch die mir zur Last gelegten Vergehen kaum leugnen konnte, so ließen sie sich doch, wie ich fand,

einigermaßen entschuldigen. Dann ging mir durch den Kopf, daß ich es in allen Staatsprozessen, die ich in meinem Leben schon verfolgt habe, noch nie erlebt hatte, daß die Richter ihr einmal gefaßtes Urteil zurückgenommen haben. Ich hatte daher keine Lust, es ausgerechnet gegen diesen hartnäckigen Gegner darauf ankommen zu lassen. Dann wieder war ich fest entschlossen, mich dem Urteilsspruch gewaltsam zu widersetzen, denn solange ich meine Bewegungsfreiheit hatte, konnte mir die gesamte Streitmacht des Reiches kaum ernsthaft gefährlich werden, hätte ich doch mit ein paar Steinwürfen die ganze Hauptstadt zertrümmern können! Aber auch diesen Gedanken verwarf ich wieder, da mir der Eid einfiel, den ich dem König geleistet hatte. Ich bin schließlich ein Ehrenmann und ein Nardac.

Nachdem ich so viele Gedanken entworfen und wieder verworfen hatte, entschloß ich mich endlich zur Flucht, und zwar nach Blefuscu. Ohne viel Zeit zu verlieren, begab ich mich zum Hafen der Insel, wo die Flotte lag, nahm mir ein großes Schlachtschiff, band ein Tau an den Bug, lichtete die Anker, zog mich aus, legte die Sachen in das Schiff und watete ins Wasser. Ich zog das Schiff hinter mir her und erreichte nach kurzer Zeit, teils watend, teils schwimmend, den königlichen Hafen von Blefuscu, wo mich das Volk schon erwartete.

Man stellte mir zwei Führer zur Verfügung, die mich unverzüglich in die gleichnamige Hauptstadt brachten. Ich trug die Männer in der Hand, bis wir auf hundert Schritt

an die Stadt herangekommen waren, dann bat ich sie, mich dem König und seinem Hofe zu melden.
Ich ruhte mich ein wenig aus und erhielt nach einer knappen Stunde die Nachricht, Seine Majestät komme in Begleitung der königlichen Familie und seines Gefolges zu meinem feierlichen Empfang. Ich ging ihnen entgegen und traf bald auf den königlichen Zug. Der König und sein Gefolge stiegen von den Pferden, und die Königin und die Hofdamen stiegen aus ihren Kutschen, wobei sie keinerlei Angst oder Besorgnis zeigten. Ich legte mich auf den Boden und küßte Seiner Majestät und der Königin die Hand. Ich sagte ihm, wie sehr ich mich freue, endlich mein Versprechen einlösen und ihm meine Aufwartung machen zu dürfen. Es sei mir eine Ehre, ihm meine Dienste anzubieten. Ich würde alles für ihn tun, soweit dies in meinen Kräften stehe und sich mit meinen Pflichten gegen meinen König vereinbaren lasse. Daß ich in Lilliput in Ungnade

gefallen war, erwähnte ich mit keinem Wort, zumal ich mir nicht vorstellen konnte, daß der lilliputanische König dieses Geheimnis preisgeben würde, solange ich mich außerhalb seines Machtbereiches befand. Hierin sollte ich mich aber getäuscht haben.

8. Kapitel

Ich will den Leser nicht mit Einzelheiten über meine Aufnahme am Hof von Blefuscu ermüden. Es fehlte mir an nichts, nur meine Schlafstelle war sehr unbequem und hart. Gleich am nächsten Morgen wollte ich die Insel erkunden und machte einen Ausflug an die nordöstliche Küste. Als ich über das Wasser blickte, entdeckte ich in einer Entfernung von einer halben Meile etwas, das wie ein gekentertes Boot aussah. Ich zog Schuhe und Strümpfe aus und watete durch das seichte Wasser auf den Gegenstand zu, der mir durch die Flut entgegengetrieben wurde. Bald konnte ich deutlich erkennen, daß es wirklich ein richtiges Boot war, das sich vermutlich in einem Sturm von einem Schiff losgerissen hatte. Ich eilte zurück in die Stadt und erbat mir vom König zwanzig der größten Schiffe, die ihm nach dem Verlust seiner Flotte noch geblieben waren, und dreitausend Matrosen, die ich auch erhielt.

Die Schiffe lichteten sofort die Anker und segelten zu der Stelle im Nordosten der Insel, wo ich das Boot gesehen hatte. Ich lief unterdessen wieder zur Küste und hielt das

Boot im Auge. Es schaukelte im Wasser und war durch die Flut noch näher an Land getrieben worden.
Als die Schiffe herangekommen waren, warf ich meine Kleider ab und watete durch das Wasser, bis ich dem Boot auf hundert Schritte nahe war, dann mußte ich schwimmen und erreichte endlich das Boot, fast gleichzeitig mit der Flotte. Die Seeleute warfen mir ein Tauende zu, das ich am Bug des Bootes verknotete, das andere Ende war an einem der Kriegsschiffe befestigt – jetzt konnte es nicht mehr abtreiben! Da die See hier so tief war, daß ich nicht mehr stehen konnte, mußte ich das Boot nun schwimmend vor mir herstoßen, was sehr anstrengend war, obwohl die Ebbe mir dabei zu Hilfe kam. Bald hatte ich auch wieder Grund unter den Füßen und konnte mich etwas ausruhen. Dann

gab ich dem Boot einen neuen Stoß und noch einen, und so arbeitete ich mich langsam auf die Küste zu. Als mir das Wasser nur noch bis zur Brust reichte, war der schwierigste Teil geschafft. Ich ließ mir aus einem der Schiffe die stärksten Taue geben und band sie zuerst an dem Boot, dann an neun der Kriegsschiffe fest. Der Wind war günstig, die Matrosen hatten das Boot im Schlepptau, und ich schob, so daß wir nun rasch den Strand erreichten. Mit Hilfe von zweitausend Männern mit etlichen Seilen, Flaschenzügen und anderem Gerät gelang es mir, das Boot umzudrehen, und es stellte sich heraus, daß es nur wenig beschädigt war. Die nächsten Tage verbrachte ich damit, die schadhaften Stellen des Bootes notdürftig zu reparieren und Ruder anzufertigen, dann konnte ich mein Boot in den königlichen Hafen von Blefuscu bringen. Dort lief bei meiner Ankunft eine ungeheure Volksmenge zusammen und bestaunte das riesige Schiff. Dem König ließ ich melden, ein günstiges Geschick habe mir dieses Boot gesandt, um mich an irgendeinen Ort zu bringen, von dem aus ich wieder in mein Vaterland gelangen könne. Ich bat Seine Majestät um die Bereitstellung des nötigen Materials, um das Boot seetüchtig zu machen, und um die Erlaubnis zu meiner Abreise, die er mir mit freundlichen Worten erteilte.

Ich hatte mich schon gewundert, daß der lilliputanische Hof sich bisher noch nicht gemeldet hatte, immerhin war ich ein flüchtiger Hochverräter! Wie ich später jedoch erfuhr, hatte der König nicht die geringste Ahnung davon gehabt, daß ich in seine Pläne eingeweiht worden war. Er nahm daher an, ich werde Blefuscu einige Tage meinen Besuch abstatten und dann wieder zurückkehren. Als ich jedoch immer länger ausblieb, schöpfte der König Verdacht. Er berief den Rat ein, und man entschloß sich, eine hochgestellte Persönlichkeit mit einer Abschrift der Anklage gegen mich nach Blefuscu zu schicken. Der Gesandte sollte dem König auch Mitteilung über die Großherzigkeit der Lilliputaner machen, die sich damit begnügten, mir nur die Augen ausstechen zu lassen. Ich hätte mich der Gerechtigkeit entzogen, und wenn ich mich nicht innerhalb von zwei Stunden stellte, werde mir der Titel eines Nardac aberkannt, gleichzeitig werde ich zum Hochverräter erklärt. Der Gesandte sollte auch nicht versäumen, darauf hinzuweisen, daß sein Herr an einer Aufrechterhaltung der friedlichen und freundschaftlichen Beziehungen zwischen den beiden Reichen sehr interessiert sei und daß er von seinem Kollegen in Blefuscu erwarte, daß dieser auf der Stelle Befehl gebe, mich – an Händen und Füßen gefesselt – nach Lilliput zu überstellen.

Der Gesandte reiste sofort ab und teilte dies alles dem König von Blefuscu in unmißverständlichen Worten mit, der sich daraufhin drei Tage Bedenkzeit ausbat. Nach Ablauf dieser Frist formulierte er seine Antwort:

Der Forderung seines geschätzten Kollegen, mich an Händen und Füßen gebunden auszuliefern, könne er leider nicht nachkommen, doch würde ich sowieso bald für keines der beiden Reiche mehr eine Gefahr darstellen, da ich die Absicht hätte, in mein Vaterland zurückzukehren. Er

habe schon befohlen, zu diesem Zwecke ein riesiges Boot, das vor der Küste angetrieben worden sei, instand zu setzen.
Mit dieser Antwort, von der mich der König in Kenntnis setzte, kehrte der Gesandte nach Lilliput zurück, und ich begann auf der Stelle, die Vorbereitungen für meine Heimreise zu treffen. Der Hof, voller Ungeduld, mich endlich loszuwerden, gewährte mir dabei jegliche Unterstützung. Fünfhundert Arbeiter wurden freigestellt, um nach meinen Anweisungen zwei Segel anzufertigen. Ein schwerer Stein, den ich nach langem Suchen endlich am Strand fand, diente mir als Anker, und ich riß die gewaltigsten Bäume aus, um daraus Masten und Ruder zu schnitzen. Zuletzt belud ich das Boot mit Proviant. Ich nahm das Fleisch von hundert Ochsen und dreihundert Schafen an Bord, dazu jede Menge Brot, fertiggekochte Speisen und Getränke. Außerdem nahm ich noch sechs lebendige Kühe, zwei Stiere und je zwei Schafe und Böcke mit, da ich die Absicht hatte, diese Rasse in der Heimat zu züchten. Ich hätte auch gern noch ein Dutzend der Eingeborenen mitgenommen, doch der König verwehrte mir eine entsprechende Bitte mit aller Entschiedenheit. Er ließ sogar meine Taschen durchsuchen, um sicherzugehen, daß ich nicht heimlich einen der Untertanen eingesteckt hatte.
Am 24. September des Jahres 1701 stach ich um sechs Uhr morgens endlich in See. Ich segelte den ganzen Tag in nördliche Richtung und entdeckte gegen Abend am Horizont eine kleine Insel. Ich steuerte darauf zu und ging an der Leeseite

vor Anker. Nachdem ich mich ein wenig gestärkt und erfrischt hatte, begab ich mich zur Ruhe, schlief gut und fest und erwachte ausgeruht noch vor Sonnenaufgang. Nach einem kleinen Frühstück lichtete ich sofort wieder den Anker und segelte mit frischem Wind nach meinem Taschenkompaß in dieselbe Richtung wie am Vortag.

Den ganzen Tag über sah ich nichts als Wasser, aber am nächsten Tag erblickte ich gegen drei Uhr nachmittags, ich hatte Blefuscu etwa vierundzwanzig Seemeilen hinter mir gelassen, ein nach Südost steuerndes Schiff. Ich rief es an, erhielt aber keine Antwort, da ich noch zu weit von ihm entfernt war. Nach einer halben Stunde versuchte ich es erneut – jetzt hatte man mich entdeckt! Die Flagge wurde gehißt und eine Kanone zu meiner Begrüßung abgefeuert. Ich kann die Freude, die ich in diesem Augenblick empfand, nicht in Worte fassen. Sollte ich nun endlich mein teures Vaterland und meine Lieben, die ich dort zurückgelassen hatte, wiedersehen?

Das Schiff zog die Segel ein und drehte bei. Ich erreichte es gegen sechs Uhr abends, und mein Herz schlug vor Freude, als ich die englischen Farben sah. Ich steckte meine Schafe und Kühe in die Rocktasche und stieg mit der ganzen winzigen Ladung an Bord. Es war ein englisches Handelsschiff, das sich auf der Rückfahrt von Japan befand, und der Kapitän, John Biddel, war ein liebenswerter Mensch und ein tüchtiger Seemann. Wir waren an die fünfzig Mann an Bord, und es war sogar ein alter Gefährte von mir dabei, ein gewisser Peter

Williams, der beim Kapitän ein gutes Wort für mich einlegte. Man behandelte mich mit großer Güte, und der Kapitän war natürlich neugierig zu erfahren, wieso ich in dieser Nußschale von Boot unterwegs sei, woher ich komme und welches mein Ziel sei. Als ich ihm alles erzählt hatte, hielt er mich schlichtweg für verrückt und glaubte, die vielen Abenteuer hätten mich um den Verstand gebracht. Aber da holte ich meine kleinen Kühe und Schafe aus der Rocktasche und ließ sie zum größten Erstaunen des Kapitäns, der nun die Wahrheit meiner Erzählungen nicht mehr bezweifelte, über den Kajütentisch laufen. Ich versprach, ihm zum Dank für meine Rettung eine Kuh und ein trächtiges Mutterschaf zu schenken, sobald wir in England ankämen.

Unsere lange Reise verlief sehr glücklich und ohne einen nennenswerten Zwischenfall. So erreichten wir England am 13. April des Jahres 1702. Alle Tiere, mit Ausnahme eines Schafes, das die Ratten gefressen hatten, brachte ich wohlbehalten an Land und setzte sie auf ein Stück schmackhaften englischen Rasens, wo sie sich die feinen Halme sofort genüßlich schmecken ließen. Ich war um die winzigen Tierchen während der ganzen Reise sehr besorgt und hatte eigentlich nicht damit gerechnet, so viele von ihnen durchzubringen. Und hätte der Kapitän mir nicht etwas Schiffszwieback überlassen, um sie damit zu füttern, so wären sie wohl auch verhungert. Während der kurzen Zeit, die ich nun in England blieb, verdiente ich mit den Tieren eine Menge Geld, indem ich sie auf Jahrmärkten

und vor betuchten Persönlichkeiten zur Schau stellte. Bevor ich meine zweite Reise antrat, verkaufte ich sie schließlich für sechshundert Pfund.

Ich blieb nur zwei Monate bei meiner Familie, denn mein unersättliches Verlangen, fremde Länder zu sehen, ließ mir keine Ruhe. Ich ließ meiner Frau fünfzehnhundert Pfund zurück und kaufte ihr ein kleines Häuschen. Den Rest meines Geldes, etwas Gold und ein paar andere Sachen nahm ich wieder mit. Von meinem Onkel John hatte ich ein Landgut bei Epping geerbt, das etwa dreißig Pfund im Jahr einbrachte. Außerdem hatte ich noch ein Wirtshaus, das *Black Bull*, gepachtet, das mir noch einmal soviel einbrachte, so daß meine Familie gut versorgt war. Mein Sohn John, ein aufgeweckter Junge, ging zur Lateinschule, und meine Tochter Betty konnte bereits nähen und stricken. Mit Tränen in den Augen nahm ich erneut Abschied von meiner Frau und den Kindern und ging an Bord der *Adventure*, um eine neue Reise anzutreten.

2. Buch

Eine Reise nach Brobdingnag

1. Kapitel

Am 20. Juni des Jahres 1702 stach die *Adventure* unter dem Kommando von Kapitän John Nicholas in See. Unser Ziel war das ostindische Surat in der Nähe von Bombay. Mit sehr günstigem Wind waren wir schon bald am Kap der Guten Hoffnung, wo wir landeten, um frisches Wasser aufzunehmen. Da wir bei dieser Gelegenheit am Schiff ein Leck entdeckten, mußte die gesamte Ladung gelöscht werden, und wir blieben den Winter über in Südafrika. Da der Kapitän zudem an einem gefährlichen Fieber erkrankte, lagen wir bis Ende März am Kap fest. Dann stachen wir in See und hatten gute Fahrt bis zur Straße von Madagaskar. Doch nördlich der Insel kam ein heftiger Sturm von Westen her auf, der uns zwanzig Tage lang nicht zur Ruhe kommen ließ. Als das Unwetter endlich nachließ, stellte der Kapitän fest, daß wir uns schon nördlich des Äquators befanden und bis östlich über die Molukken abgetrieben worden waren. Es herrschte nun vollkommene Windstille, und während die Mannschaft die Ruhe genoß, befahl der Kapitän, der sich in diesen Breitengraden sehr gut auskannte, alle Vorkehrungen für den Fall eines weiteren Sturmes zu treffen, den er stündlich erwartete.

Tatsächlich setzte am Morgen des folgenden Tages der südliche Monsun mit all seiner Kraft ein, und wir wurden etwa fünfhundert Seemeilen nach Osten abgetrieben, so daß selbst der älteste Matrose an Bord nicht sagen konnte, in welcher Gegend der Welt wir uns befanden. Zwar hatten wir genügend Proviant an Bord, das Schiff hatte keinen Schaden gelitten, und niemand war verletzt worden, aber wir hatten kaum noch Trinkwasser. So hielten wir es für das beste, nicht umzukehren, sondern auf gut Glück den Kurs beizubehalten.

Am 16. Juni 1703 entdeckte der Schiffsjunge vom Mast aus Land. Einen Tag später kam eine riesige Landmasse in Sicht. Ob es sich um eine Insel oder um Festland handelte, vermochten wir nicht zu erkennen. Wir sahen, daß eine schmale Landzunge nach Süden in die See hinausragte, daneben befand sich eine Bucht, die aber viel zu seicht war, um unser über einhundert Tonnen schweres Schiff aufzunehmen. So ankerten wir außerhalb dieser Bucht, ließen ein Boot zu Wasser, und der Kapitän bestimmte sechs Männer, die mit leeren Fässern an Land rudern sollten, um nach Wasser zu suchen.

Ich bat um die Erlaubnis, mitgehen zu dürfen, weil ich mich an Land ein wenig umschauen wollte – vielleicht gab es ja etwas zu entdecken!

Als wir an Land kamen, fanden wir weder einen Fluß noch eine Quelle, noch irgendeine Spur von Bewohnern. Unsere

Leute marschierten deshalb am Strand entlang, um die Küste nach Wasser abzusuchen. Inzwischen ging ich etwa eine Meile weit in die andere Richtung, fand aber die Gegend dort nur steinig und unwirtlich, so daß ich keine Lust hatte, noch weiter zu gehen, und mich langsam wieder auf den Rückweg machte. Als ich die Bucht erreichte, waren schon alle Matrosen im Boot und ruderten aus Leibeskräften zurück zum Schiff. Ich wollte mich gerade lautstark bemerkbar machen und sie zurückrufen, als ich eine entsetzlich große Gestalt mit Riesenschritten hinter ihnen her in die See laufen sah. Das Meer reichte dem Koloß gerade bis an die Knie, und er verfolgte das Boot mit ungeheuer schnellen Schritten. Aber unsere Männer hatten eine halbe Meile Vorsprung, und die See war voller scharfkantiger Riffs, so daß das Ungeheuer das Boot wahrscheinlich nicht würde einholen können. Ich wartete den Ausgang dieses Abenteuers allerdings nicht ab, sondern lief, so schnell ich konnte, den Weg zurück und erklomm einen steilen Hügel, von wo aus ich die Gegend überschauen konnte, und ich erblickte ringsum bebautes und gepflegtes Ackerland.

An die vierzig Fuß hohe Grashalme säumten den Weg, den ich dann einschlug und der mir vorkam wie eine breite Heerstraße; in Wirklichkeit befand ich mich auf einem Trampelpfad durch ein Gerstenfeld. Ich folgte dem Weg, konnte aber wegen der hohen und dicht stehenden Ähren nach beiden Seiten kaum etwas sehen. Ich ging etwa eine Stunde lang bis ans Ende des Feldes, das mit einer mindestens einhundertzwanzig Fuß hohen Hecke eingezäunt war. In der Ferne erblickte ich Bäume von unvorstellbarer Höhe. Von diesem Feld führte eine Treppe zum nächsten. Sie hatte vier Stufen, die ich gerade noch bewältigen konnte, aber oben lag ein Stein von gut zwanzig Fuß Höhe, der für mich ein unüberwindliches Hindernis darstellte. Ich suchte mir deshalb ein Loch in der Hecke, um hindurchzuschlüpfen, da bemerkte ich auf dem Feld einen Eingeborenen. Er kam auf die Treppe zu und war genauso riesig wie der Kerl, der unser Boot verfolgt hatte. Er hatte wohl die Höhe eines Kirchturms und legte mit jedem Schritt an die zehn Ellen zurück. Erschrocken sprang ich zurück in das Kornfeld, um mich zu verstecken. Ich konnte nun die Angst meiner Kameraden gut nachvollziehen und hatte vollstes Verständnis dafür, daß sie auf der Flucht nicht mehr an mich gedacht hatten. Der Riese stand jetzt oben auf der Treppe und spähte zum nächsten Feld hinüber. Plötzlich öffnete er seinen Mund und rief etwas mit einer Stimme, die wie Donner hallte, woraufhin sieben andere Ungeheuer mit Sicheln in den Händen herbeigelaufen kamen, deren jede wohl sechsmal so groß wie eine Sense war. Diese Männer waren nicht so gut gekleidet wie der erste und schienen dessen Diener zu sein, denn nachdem er einige Worte an sie gerichtet hatte, machten sie sich mit ihren Sensen daran, das Getreide des Feldes, in dem ich mich versteckt hielt, abzumähen. Ich zog mich so weit wie möglich von ihnen zurück, kam aber nur unter den größten Schwierigkeiten weiter, weil das Getreide so dicht stand,

daß ich mich kaum zwischen den Halmen hindurchzwängen konnte. So kämpfte ich mich mühsam voran, bis ich an eine Stelle gelangte, wo Wind und Regen das Getreide zu Boden gedrückt hatten. Die Halme waren zu einem unüberwindlichen Dickicht verflochten, und an ein Weiterkommen war nicht zu denken. Hinter mir zischten die Sensen wie riesige Fallbeile. Völlig erschöpft von den Strapazen der letzten Stunden und überwältigt von Angst und Verzweiflung, warf ich mich schluchzend zu Boden und wünschte mir einen schnellen Tod. Auf einmal mußte ich an Lilliput denken, dessen Einwohner in mir das größte Wunderwesen der Welt gesehen hatten. Dort hatte ich eine ganze Flotte mit bloßen Händen weggezogen und andere Heldentaten vollbracht, die für alle Zeiten die dortigen Geschichtsbücher füllen werden und die die Nachwelt kaum glauben wird. Mir ging durch den Kopf, daß ich für diese Monster letztendlich genauso ein Fliegenschiß sein mußte, wie seinerzeit die Lilliputaner für mich, und im vermeintlich letzten Stündlein meines Lebens geriet ich ins Philosophieren über den begrenzten Horizont der eigenen Wahrnehmung und die Nichtigkeit meiner Existenz. Vielleicht gab es irgendwo auf der Welt oder im Universum sogar ein Volk, für das die Lilliputaner Riesen waren!
Jäh wurde ich aus meinen Gedanken gerissen, denn einer der Schnitter war schon so dicht über mir, daß ich jeden Moment damit rechnete, von der Klinge verstümmelt oder von einem Fußtritt zerquetscht zu werden. Ich zitterte am ganzen Leib und schrie vor Angst, so laut ich konnte. Der

riesige Bursche hielt plötzlich in seiner Bewegung inne, blickte suchend auf dem Boden umher, bis er mich schließlich entdeckte. Eine Weile beobachtete er mich mit ungläubigem Staunen und schien zu überlegen, ob ich wohl kratze und beiße wie ein kleines Tier. Schließlich ging er in die Hocke, packte mich mit Daumen und Zeigefinger und hielt mich dicht vor seine Augen, um mich näher zu betrachten. Ich machte mich ganz steif und rührte mich nicht, als er mich in der schwindelerregenden Höhe von etwa sechzig Fuß über dem Boden hielt und mir aus Angst, ich könne seinen Fingern entgleiten, fast die Seiten zerquetschte. Allein meine Augen wagte ich flehend dem Himmel zuzuwenden, und die Hände faltete ich zum Gebet, wobei ich einige demütige und bittende Worte sprach, denn schließlich rechnete ich jeden Augenblick damit, er werde mich wie Ungeziefer auf die Erde schleudern.
Doch offensichtlich fand er an meiner Stimme und meinen Gebärden Gefallen. Er schien verwundert, daß ich richtig

sprechen konnte, obgleich er mich nicht verstand, und schaute mich an wie eine kleine, kuriose Kostbarkeit. Unterdessen konnte ich die Tränen kaum zurückhalten und seufzte jämmerlich, weil der Druck seiner Finger mich fast umbrachte. Ich rollte mit dem Kopf und versuchte, ihm meine Lage durch allerlei Zeichen klarzumachen. Endlich schien er mich zu verstehen und steckte mich vorsichtig in seine Tasche. Dann lief er zu dem Riesen, den ich zuerst auf dem Feld gesehen hatte und der sein Dienstherr und der Pächter des Landes war. Dieser nahm mich in die Hand, betrachtete mich erstaunt von allen Seiten, blies mir in die Haare und rief schließlich seine Knechte herbei, wohl um sie zu fragen, ob sie schon einmal solch ein seltsames Geschöpf gesehen hätten. Dann setzte er mich behutsam auf die Erde. Ich bewegte mich vorsichtig und machte ein paar langsame Schritte vor und zurück, um ihnen zu zeigen, daß ich nicht die Absicht hatte davonzulaufen. Sie setzten sich im Kreis um mich herum, starrten mich an und warteten gespannt, was ich als nächstes tun würde. Ich nahm meinen Hut ab, verbeugte mich tief und ließ mich vor dem Herrn auf die Knie fallen. Schließlich zog ich meine Geldbörse aus der Tasche und überreichte sie ihm demütig. Er nahm sie in die Hand, führte sie dicht an die Augen, zog eine Stecknadel aus dem Ärmel und drehte sie damit ein paarmal um. Anscheinend konnte er nichts damit anfangen. Ich signalisierte ihm, er solle seine Hand auf den Boden legen. Als dies geschehen war, nahm ich die Börse, öffnete sie und schüttete ihm das Geld auf die Hand. Es waren sechs spanische Goldstücke und zwanzig bis dreißig kleinere Münzen. Er befeuchtete seinen kleinen Finger mit der Zunge und tupfte einige der Geldstücke auf wie Salzkörner. Nach eingehender Betrachtung schüttelte er den Kopf und gab sie mir zurück, damit ich sie wieder einstecke. Offensichtlich konnte er damit nichts anfangen, und ich nahm das Geld gern zurück, was wohl auch das gescheiteste war – mehr als anbieten konnte ich es ihm schließlich nicht!

Mittlerweile war der Pächter wohl überzeugt davon, daß ich ein intelligentes Wesen sei. Er sprach mich ein paarmal an, daß mir seine Stimme in den Ohren dröhnte wie das Tosen einer Wassermühle. Ich antwortete brüllend in verschiedenen Sprachen, und er hielt sein Ohr so dicht an meinen Mund wie möglich, doch es hatte alles keinen Zweck, wir konnten uns gegenseitig nicht verstehen und verständigten uns weiterhin nur mit Händen und Füßen.

Nachdem er seine Leute wieder an die Arbeit geschickt hatte, nahm er sein Taschentuch, breitete es über die linke Hand, die er mit dem Handrücken auf den Boden hielt, und gab mir das Zeichen hinaufzusteigen. Ich hielt es für das beste, seiner Aufforderung nachzukommen, und schwang mich auf seine Hand. Ich legte mich sicherheitshalber der Länge nach auf das Tuch und klammerte mich daran fest. Er wickelte mich noch zusätzlich darin ein und verknotete es gut. Auf diese Weise brachte er mich heim in sein Haus und zeigte mich stolz seiner Frau. Die aber schrie laut auf und rannte in panischer Angst fort, als hätte sie eine fette Spinne oder eine glibbrige Kröte gesehen! Als sie mich aber dann aus sicherer Entfernung eine Weile beobachtet und gemerkt hatte, daß ich ein ganz zivilisiertes Kerlchen war, das sich mit ihrem Gatten durch vielerlei Zeichen gut zu unterhalten schien, wurde sie allmählich zutraulicher und verlor bald jegliche Scheu. Später, als sie mich noch besser kennengelernt hatte, ging sie dann geradezu zärtlich mit mir um.

Es war gerade Mittagszeit, und eine Magd trug das Essen auf. Es war ein schlichter Braten in einer Schüssel vom Durchmesser eines Dreschplatzes. Die Familie bestand aus dem Bauern, seiner Frau, drei Kindern und einer alten Großmutter. Als alle Platz genommen hatten, setzte mich der Bauer neben seinem Teller auf den Tisch, der die Höhe eines zweistöckigen Hauses hatte. Ich hatte schreckliche Angst hinunterzustürzen und hielt mich möglichst von der Tischkante fern. Die Frau schnitt ein Stückchen Fleisch ganz klein, zerbröselte auf einer Untertasse etwas Brot und stellte beides vor mich hin. Ich verbeugte mich tief, zog mein Messer und meine Gabel heraus und begann genüßlich und mit großem Appetit zu speisen, was der ganzen Familie beträchtliches Vergnügen zu bereiten schien. Die Frau befahl der Magd, ein kleines Schnapsglas zu holen, in das sie ungefähr zwei Eimer einer trüben Flüssigkeit goß, die wie Apfelwein schmeckte. Mit einigen Schwierigkeiten führte ich das Glas zum Mund und trank auf das Wohl der Hausfrau. Daran hatten sie offensichtlich so einen Spaß, daß die ganze Tischrunde in ein dröhnendes Gelächter ausbrach, von dem ich fast taub geworden wäre. Dann winkte mich der Herr zu seinem Teller. Ich marschierte los und stolperte prompt über ein Stück Brotrinde, das mitten auf dem Tisch lag, so daß ich der Länge nach hinschlug. Zwar knallte ich mit dem Kopf schmerzhaft auf die Platte, konnte aber sofort wieder aufstehen und weitergehen. Als ich die besorgten Gesichter ringsum sah, schwenkte ich meinen Hut und rief ein dreifaches »Hurra!«, um zu zeigen, daß ich mich nicht verletzt hatte.

Ich war noch ein paar Schritte vom Teller des Bauern entfernt, da ergriff mich der etwa zehnjährige Sohn, der gleich neben ihm saß, bei den Beinen und hielt mich kopfüber hoch in die Luft, daß mir schwarz vor Augen wurde und ich an allen Gliedern zitterte. Der Vater entriß mich dem Teufelsbraten aber sofort wieder und verpaßte ihm eine schallende Ohrfeige, die eine ganze Kavallerieabteilung niedergeworfen hätte, und verwies ihn des Tisches. Ich fürchtete, der Junge werde mich dafür fortan hassen und sich an mir rächen, denn mir war bekannt, wie boshaft und brutal Kinder gelegentlich mit Kaninchen, Spatzen, kleinen Hunden und Katzen umzugehen pflegen. Ich fiel daher auf die Knie und gab meinem Herrn – so will ich ihn von nun an nennen – zu verstehen, er möge seinem Sohn verzeihen. Der Vater kam meinem Wunsch nach und holte den Knaben zurück an den Tisch.

Kaum hatte ich mich von diesem Schrecken erholt, als die Katze des Hauses der Herrin auf den Schoß sprang. Sie war bestimmt dreimal so groß wie ein Ochse, und ihr Schnurren klang wie das Klappern eines Webstuhls. Die Wildheit in der Miene dieser Bestie brachte mich völlig aus der Fassung, obgleich ich am anderen Ende des Tisches stand und die Herrin sie festhielt. Aber die Katze rührte sich nicht von der Stelle und schien mich gar nicht zu bemerken, auch dann nicht, als mein Herr mich ihr drei Ellen vor die Nase setzte. Als ich mutig noch einen Schritt auf sie zuging, wich sie sogar ängstlich zurück.

Das kann aber auch daran gelegen haben, daß gerade in diesem Moment das Kindermädchen mit einem schreienden Baby auf dem Arm an den Tisch trat. Als das Kleine mich erblickte, begann es noch lauter zu schreien und streckte ein Ärmchen nach mir aus. Um es zu beruhigen, hob die Mutter mich auf und stellte mich vor das Kind hin, das mich sofort packte und kopfüber in seinen Mund steckte. Vor Entsetzen und Angst brüllte ich so laut, daß das kleine Monster erschrak und mich fallen ließ. Mit Sicherheit hätte ich mir das Genick gebrochen, wenn die Mutter nicht geistesgegenwärtig ihre Schürze unter mir aufgehalten hätte.

Nach diesen Vorfällen legte mein Herr seiner Gattin dringend ans Herz, gut auf mich aufzupassen, wenn er nicht im Hause war. Unterdessen überkam mich eine große Müdigkeit. Als meine Herrin dies bemerkte, brachte sie mich ins Schlafzimmer, legte mich auf ihr eigenes Bett und deckte mich mit einem weißen Taschentuch zu, das größer und derber als das Großsegel eines Kriegsschiffes war.

Ich schlief etwa zwei Stunden und träumte, ich sei zu

Hause bei Frau und Kindern. Als ich erwachte und mich ganz allein in dem ungeheuer großen Zimmer dieser Riesin wiederfand, überkam mich tiefe Traurigkeit, zumal meine Herrin anscheinend weggegangen war und mich eingeschlossen hatte.

Plötzlich kletterten zwei riesige Ratten an dem Bett hoch und huschten schnuppernd auf der Bettdecke hin und her – eine kam bis dicht vor mein Gesicht. Erschrocken sprang ich auf und zog meinen Degen, entschlossen, mich zu verteidigen. Die schrecklichen Tiere waren so groß wie Doggen, aber viel wilder und flinker. Sie griffen mich von beiden Seiten an, und eines von ihnen legte seine haarigen Vorderpfoten auf meinen Rockkragen. Glücklicherweise konnte ich ihm den Bauch aufschlitzen, bevor es mir etwas

antun konnte, und die Bestie fiel tot zu meinen Füßen nieder. Die zweite Ratte lief daraufhin sofort davon, aber ich erwischte sie mit der Degenspitze noch am Rücken und fügte ihr eine klaffende Wunde zu.
Kurze Zeit später trat meine Herrin in das Zimmer. Als sie mich blutüberströmt auf ihrem Bett sah, lief sie mit schnellen Schritten herbei und nahm mich beschützend in die Hand. Ich zeigte lächelnd auf die tote Ratte und gab ihr zu verstehen, daß ich unverletzt sei. Darüber war sie hoch erfreut und rief nach dem Dienstmädchen, das die tote Ratte mit einer Zange vom Bett nahm und aus dem Fenster warf. Meine Herrin setzte mich auf den Tisch, und ich zeigte ihr meinen blutigen Degen, den ich am Rockschoß abwischte und wieder in die Scheide steckte. Die Herrin nahm mich schließlich wieder vom Tisch und setzte mich in den Garten, wo ich im Schutz zweier riesiger Sauerampferblätter endlich dazu kam, einem natürlichen Bedürfnis nachzugehen.

2. *Kapitel*

Meine Herrin hatte eine neunjährige Tochter, die für ihr Alter schon sehr vernünftig war und auch bereits mit Nadel und Faden umgehen konnte. Für ihre Puppe hatte sie alle Kleider selbst entworfen und genäht. Mit Hilfe der Mutter machte sie sich nun daran, ihre Puppenwiege für mich als Nachtlager herzurichten. Die Wiege wurde in eine kleine Schublade aus einem Schmuckkasten gestellt und die Schublade hoch auf ein Regal, um mich so vor den Ratten zu schützen. Dies war mein Bett und Schlafgemach, solange ich bei diesen Leuten blieb.

Mit der Zeit ging es mir insgesamt besser, die Schublade wurde komfortabler eingerichtet, und ich begann, die Sprache zu lernen, so daß ich meine Bedürfnisse bald schon recht gut verständlich machen konnte. Das kleine Mädchen war so geschickt, daß es mich nach einiger Zeit ganz allein aus- und anziehen konnte, allerdings nahm ich ihr diese Arbeit immer ganz gern ab – ich war schließlich ein erwachsener Mann und kein Kleinkind!

Sie nähte mir sieben Hemden und Unterwäsche aus feinstem Leinentuch, das leider immer noch rauher war als

Sackleinen. Aber sie war auch meine Lehrerin in der fremden Sprache. Wenn ich auf einen Gegenstand oder sonst etwas zeigte, nannte sie mir den Namen in ihrer Sprache, die ich auf diese Weise schnell lernte. Das Mädchen war sehr lieb und wurde schon bald meine besondere Freundin. Für ihr Alter war sie mit vierzig Fuß noch recht klein. Sie gab mir den Namen Grildrig, den die Familie übernahm und unter dem ich später im ganzen Königreich bekannt werden sollte – am besten übersetzt man ihn einfach mit »Männlein«.

Wenn ich in diesem Land jemandem Dank schulde, dann diesem Mädchen, das sehr viel für mich getan und mir im Grunde das Leben gerettet hat. Ich nannte sie Glumdalclitch, was soviel heißt wie »kleiner Schutzengel«, und wir trennten uns nie. Unglücklicherweise konnte ich ihr für alle Mühe und Liebe am Ende nicht mehr danken, und ich hoffe von ganzem Herzen, daß es ihr gutgeht. Es besteht aber leider Grund zu der Annahme, daß sie meinetwegen noch ins Unglück gestürzt ist, was ich nicht gewollt habe und zutiefst bedaure.

In der Nachbarschaft hatte es sich bald herumgesprochen, was für ein seltsames Geschöpf der Pächter auf seinem Feld gefunden hatte, und alle Welt war neugierig, dieses daumengroße Wesen, das aussah wie ein richtiger Mensch und sich auch so benehmen konnte, mit eigenen Augen zu sehen. Ein guter Freund meines Herrn kam sofort zu Besuch, um der Wahrheit über all die Gerüchte um diesen Grildrig auf den Grund zu gehen.

Ich wurde aus der Schublade geholt und vorgeführt: Ich mußte auf dem Tisch marschieren, auf Befehl meinen Degen ziehen, ihn wieder einstecken, mich vor dem Gast meines Herrn verbeugen, ihn in der Landessprache begrüßen und mich nach seinem Befinden erkundigen. Der Gast, ein alter, kurzsichtiger Bauer, setzte staunend seine Brille auf, um mich besser sehen zu können. Als er mich so anfunkelte, sahen seine Glupschaugen hinter den dicken Gläsern wie zwei Vollmonde aus, und ich mußte laut lachen. Die anderen stimmten in mein Gelächter ein, doch der kurzsichtige Bauer, der als großer Geizhals galt, war tödlich beleidigt und regte sich über mein unverschämtes Benehmen auf. Das wäre mir indes egal gewesen, hätte er meinem Herrn in seinem Zorn nicht den unglückseligen Rat gegeben, mich zukünftig in der Stadt auf dem Jahrmarkt vorzuführen, und zwar gegen Geld. Die Stadt war

ungefähr eine halbe Reitstunde von unserem Haus entfernt, und mir schwante nichts Gutes, als ich meinen Herrn mit dem alten Geizhals hinter meinem Rücken flüstern hörte.
Am nächsten Morgen erfuhr ich von Glumdalclitch, was die beiden ausgeheckt hatten. Das arme Mädchen drückte mich an ihr Herz und fing an zu weinen. Sie war in großer Sorge um mich und fürchtete, die grobschlächtigen Bauern und der Marktpöbel könnten mir ein Leid antun, mir aus Unachtsamkeit ein Bein abknicken oder mich gar totdrükken. Sie dachte aber auch daran, wie schändlich und demütigend es für einen Mann von Ehre, der ich ja zweifellos war und bin, sein müsse, den Massen für Geld zur Schau gestellt zu werden. Ich sah die ganze Sache jedoch nicht so tragisch wie mein kleiner Schutzengel. Zum einen war ich der festen Überzeugung, schon bald wieder die Freiheit zu erlangen; andererseits kannte mich ja hier niemand, so daß ich mich auch vor niemandem zu schämen brauchte – überdies blieb mir ja letztendlich nichts anderes übrig, als gute Miene zum bösen Spiel zu machen, dafür würde nach meiner Rückkehr in England jeder Verständnis haben!
Mein Herr nahm mich am nächsten Tag tatsächlich in einer Schachtel mit in die Stadt. Die Schachtel war verschlossen und hatte an einer Seite eine kleine Tür, durch die ich ein und aus gehen konnte. Der Deckel enthielt einige Luftlöcher, und das Mädchen hatte liebevoll eine Matratze aus seinem Puppenbett in die Schachtel gelegt, damit ich mich während der Fahrt etwas hinlegen könne. Glumdalclitch

saß hinter ihrem Vater auf dem Pferd und hielt die Schachtel mit aller Vorsicht; dennoch wurde ich auf dieser Reise entsetzlich geschüttelt und schlimm zugerichtet, obwohl sie nur eine halbe Stunde dauerte. Das Pferd legte mit jedem Schritt mindestens vierzig Fuß zurück, und im Trab kam es mir in meiner Schachtel so vor, als befände ich mich bei stürmischer See an Bord eines Schiffes. Mein Herr stieg in einem Wirtshaus ab und beriet sich über das weitere Vorgehen mit dem Wirt. Dann mietete er einen Gultrud oder Ausrufer, der in der ganzen Stadt bekanntmachte, im *Green Eagle* gebe es ein einzigartiges Miniatur-Monster mit menschlichen Zügen zu besichtigen, das viele Kunststücke vollbringen könne.

Nun wurde ich im größten Saal des Wirtshauses auf einen Tisch gestellt. Auf einem Schemel neben dem Tisch stand meine treue Freundin, um auf mich aufzupassen und mir zu sagen, was ich tun sollte. Der Andrang war so groß, daß mein Herr immer nur dreißig Personen auf einmal in den Raum ließ. Auf Anweisung des Mädchens marschierte ich über den Tisch; dann stellte sie mir Fragen, auf die ich so laut und so korrekt wie möglich antwortete. Ich machte Verbeugungen, begrüßte das verehrte Publikum und sagte ihm ein paar belanglose Nettigkeiten, die ich gelernt hatte. Glumdalclitch reichte mir einen mit Wein gefüllten Fingerhut, den ich auf die Gesundheit der Anwesenden auf einen Zug leerte. Ich zog den Degen und focht damit wild in der Luft herum, als kämpfte ich mit einem gefährlichen Gegner. Das Mädchen hielt mir einen Strohhalm hin, den

ich mir wie eine Lanze unter den Arm klemmte, um so meinen Scheinkampf fortzusetzen.
An diesem Tag wurden nicht weniger als zwölf Vorstellungen gegeben, und jedesmal mußte ich sämtliche Kunststücke wiederholen, bis ich vor Müdigkeit und Überdruß halb tot war. Wer mich gesehen hatte, erzählte draußen die reinsten Wunderdinge von mir, so daß die Leute vor Neugierde drauf und dran waren, die Tür einzutreten, um meinen Auftritt mitzuerleben. Mein Herr achtete peinlichst darauf, daß mich niemand mit dem Finger berührte oder gar in die Hand nahm, das durfte allein seine Tochter, und die Sitzbänke wurden vorsorglich außer Reichweite des Tisches aufgestellt. Während einer Vorstellung warf ein unverschämter Schuljunge mit einer Haselnuß nach

mir, die, groß wie ein Kürbis, haarscharf an meinem Kopf vorbeizischte. Immerhin wurde er sofort gepackt, verprügelt und auf die Straße geschmissen.
Mein Herr ließ am Abend öffentlich verkünden, daß ich am nächsten Markttag wieder zu sehen sei. Die insgesamt achtstündigen Vorstellungen und die Hin- und Rückreise hatten mich so mitgenommen, daß ich kaum noch auf den Beinen stehen oder ein Wort sprechen konnte. Ich war drei Tage krank und mußte das Bett hüten, ehe ich mich wieder einigermaßen erholt hatte. Rascher kam ich nicht wieder zu Kräften, rückte mir doch zu Hause täglich irgendwelches Volk auf den Leib, um mich zu begaffen. Mein Herr muß sich in dieser Zeit eine goldene Nase an mir verdient haben, denn er kassierte von jeder Besuchergruppe, egal aus wieviel Personen sie bestand, so viel wie für ein volles Wirtshauszimmer.
Als mein Herr allmählich merkte, daß er mit mir viel Geld verdienen konnte, faßte er den Plan, mit mir in die Hauptstadt zu reisen und mich unterwegs in allen größeren Städten zu zeigen. Er traf dazu alle notwendigen Vorkehrungen, nahm Abschied von seiner Frau, und am 17. August des Jahres 1703, fast zwei Monate nach meiner Ankunft in diesem Land, machten wir uns auf den Weg. Mein Herr setzte Glumdalclitch wieder hinter sich aufs Pferd, und sie hatte das Kästchen, in dem ich transportiert wurde, sorgfältig an ihrem Körper befestigt. Das Mädchen hatte die Schachtel an allen Seiten mit weichen Tüchern ausgepolstert, das Puppenbett hineingestellt und alles so be-

quem und komfortabel wie möglich gestaltet. Wir reisten allein, nur ein Hausknecht ritt mit dem Gepäck hinter uns her.
Mein Herr führte mich aber nicht nur in allen Städten, durch die wir kamen, vor, sondern auch in jedem Kuhdorf, wo Zuschauer zu erwarten waren. Wir machten recht bequeme Tagesreisen von etwa einhundertfünfzig Meilen, weil Glumdalclitch sich, um mir zu helfen, häufig beklagte, das monotone Traben des Pferdes würde sie ermüden. Sie holte mich auch oft aus der Schachtel, damit ich frische Luft schöpfen und etwas von dem Land, durch das wir ritten, sehen konnte, aber stets hielt sie mich dabei an einer Schnur fest. Wir überquerten Flüsse, die breiter waren als der Nil oder der Ganges, und noch der kleinste Bach war so breit wie die Themse an der London Bridge. Unsere Reise dauerte zehn Wochen, und ich wurde in achtzehn großen Städten und unzähligen kleinen Käffern gezeigt, bevor wir am 26. Oktober endlich in der Hauptstadt ankamen.
Die Stadt heißt Lorbrulgrud oder »Stolz des Weltalls«, und in zentraler Lage, ganz in der Nähe des königlichen Palastes, mietete mein Herr eine Wohnung und einen großen Saal. Dann ließ er überall Plakate anschlagen, die eine ausführliche Beschreibung meiner Person und meiner sehenswerten Darbietungen enthielten. Währenddessen wurde in dem Saal eine Art Billardtisch als Arena für meine Auftritte aufgestellt. Die riesige Tischplatte war mit feinem Tuch bespannt, und an den Kanten war eine abgepolsterte

kleine Reling angebracht, damit ich nicht herabfallen konnte. Als alle Vorbereitungen abgeschlossen waren, begann für mich die Zeit der harten und kräftezehrenden Arbeit. Zehn Vorstellungen mußte ich pro Tag geben, und ich gab sie zum Erstaunen und zur Zufriedenheit aller Zuschauer. Mittlerweile sprach ich die Landessprache nahezu fließend und verstand alles. Glumdalclitch war auf der Reise einmal mehr meine Lehrmeisterin gewesen und hatte mich aus einem kleinen Büchlein, einem Katechismus ihrer Religion, sogar das Alphabet gelehrt.

3. Kapitel

Die körperlichen Strapazen und Anstrengungen, denen ich täglich ausgesetzt war, machten meiner Gesundheit arg zu schaffen, zumal mein Herr unersättlich war und mir immer mehr abverlangte, um immer noch mehr Geld zu verdienen. Ich hatte schon länger keinen Appetit mehr und war fast zum Skelett abgemagert. Als meinem Herrn dies endlich auffiel, beschloß er, noch schnell ein gutes Geschäft aus mir herauszuschlagen, bevor ich verhungert war. Noch während er sich darüber Gedanken machte, kam ein königlicher Bote mit dem Befehl, mich unverzüglich an den Hof zu bringen, da die Königin mich zu sehen wünsche. Sie hatte von meiner Schönheit, meinem Verstand und all den Wunderdingen, die ich zu verrichten fähig war, bereits eine Menge gehört. Als ich nun leibhaftig vor sie trat, war sie sichtlich von mir begeistert. Ich fiel auf die Knie und wollte ihren Fuß küssen, aber die Königin ließ mich auf den Tisch heben und reichte mir ihren kleinen Finger, den ich mit beiden Armen dankbar umklammerte und dann vorsichtig mit meinen Lippen berührte. Sie fragte mich nach meiner Heimat und meinen Reisen, und ich bemühte mich immer um möglichst knappe und präzise Antworten. Dann fragte sie mich, ob ich Lust hätte, in Zukunft am königlichen Hof zu leben. Ich jubelte innerlich, verneigte mich tief und antwortete mit größter Bescheidenheit, daß ich nichts lieber wäre als ihr untertänigster Diener, es indes nicht in meiner Macht stehe, darüber zu entscheiden, da ich das Eigentum meines Herrn sei. Die Königin wandte sich an meinen Herrn und fragte ihn, ob er bereit sei, mich zu einem guten Preis zu verkaufen. Da der alte Schinder davon ausging, daß ich sowieso nicht mehr lange unter den Lebenden weilen würde, zögerte er nicht lange, mich zu verhökern, und forderte tausend Goldstücke, die ihm sofort ausgehändigt wurden.

Schnell bat ich die Königin um den Gefallen, daß sie auch Glumdalclitch, meinen kleinen Schutzengel, zu sich an den Hof nehmen möge, damit diese auch weiterhin meine Betreuerin und Lehrerin sein könne. Ihre Majestät entsprach meiner Bitte, und auch der Bauer willigte ein, war er doch froh, seine Tochter versorgt zu wissen. Das arme Kind war erleichtert und so glücklich wie ich über diesen Handel. Dann nahm mein Herr mit schmalzigen Worten von mir Abschied, den ich nur mit einer stummen Verbeugung erwiderte.

Die Königin bemerkte meine Kälte und fragte nach dem Grund dafür, sobald der Bauer aus dem Zimmer war. Ich erklärte ihr, daß ich diesem Herrn keinen Dank schulde außer vielleicht dafür, daß er einem harmlosen Geschöpf, das er zufällig auf seinem Feld gefunden hatte, nicht den

Kopf eingeschlagen habe. Hierfür hätte ich ihm jedoch bestimmt schon mehr als genug gedankt durch die Einnahmen, die er aus meinen Vorführungen überall im Land herausgeschlagen habe und nicht zuletzt auch durch den Erlös aus meinem Verkauf. Die täglichen Auftritte und die Anstrengung, den ganzen Tag über immer neue Menschenmassen belustigen zu müssen, hätten meine Gesundheit ruiniert, und Ihre Majestät hätte mich sicherlich nicht so billig bekommen, wenn der alte Sklaventreiber nicht mit meinem baldigen Ableben gerechnet hätte. Nun aber glaubte ich zu fühlen, wie meine Kräfte in Gegenwart einer so schönen und guten Monarchin, die für mich die Krönung der Schöpfung darstelle, zu neuem Leben erwachten. Das war in etwa der Inhalt meiner Rede, die ich, stammelnd und stotternd und mit Fehlern durchsetzt, vortrug. Die Königin sah nachsichtig darüber hinweg und war trotz aller Ausdrucksfehler erstaunt, mit wieviel Verstand und Höflichkeit ich gesprochen hatte. Sie nahm mich in die Hand und trug mich zum König in dessen Arbeitszimmer. Seine Majestät blickte streng und fragte mit finsterer Miene, seit wann es seiner Gemahlin beliebe, an einem Splacknuck Gefallen zu finden? Ein Splacknuck, das muß der Leser wissen, ist ein possierliches kleines Tierchen, das dem alpenländischen Murmeltier gleicht.

Aber die Fürstin, die immer gut gelaunt, sehr geduldig und äußerst klug war, stellte mich sanft auf den Schreibtisch und flüsterte mir zu, ich solle dem König etwas über mich erzählen. Ich tat dies in kurzen, wohlgesetzten Worten und

Sätzen, während die Königin Glumdalclitch holen ließ, die, nachdem ich geendet hatte, alles bestätigte, was seit meiner Ankunft im Haus ihres Vaters geschehen war.
Der König, ein äußerst gelehrter Mann mit großen Kenntnissen in der Philosophie und besonders in der Mathematik, hielt mich zuerst für eine Art Automat, den ein geschickter Künstler angefertigt hatte. Als er mich aber reden hörte und fand, daß alles, was ich sagte, gut überlegt und sinnvoll war, konnte er sein Erstaunen nicht verbergen. Aber er war sehr mißtrauisch und bezweifelte, daß ich über das Meer in sein Land gekommen sei. Vielmehr unterstellte er Glumdalclitch und ihrem Vater, sie hätten mich dazu abgerichtet, einige Phrasen und Kunststückchen vorzutragen, um mich zu einem höheren Preis verkaufen zu können. Der König stellte daraufhin ein regelrechtes Verhör mit mir an, erhielt aber auf alle Fragen immer Antworten, die hieb- und stichfest waren und an denen höchstens mein fremdländischer Akzent und das Fehlen einiger treffender Vokabeln auszusetzen waren.
Der König ließ nun drei Gelehrte kommen. Diese untersuchten mich mit der größten Genauigkeit und kamen schließlich, bei aller Verschiedenheit der Urteile im einzelnen, übereinstimmend zu dem Ergebnis, daß ich nicht nach den Gesetzen der Natur entstanden sein könne, weil ich unfähig sei, aus eigener Kraft mein Leben zu bestreiten und zu erhalten. Ich könne nicht schnell genug vor Gefahren flüchten, nicht auf Bäume klettern und nicht die Erde aufwühlen, um nach Nahrung zu suchen. Aus meinen

Zähnen schlossen sie, daß ich ein fleischfressendes Tier sei, und verstanden nicht, wie ich als solches überleben konnte, wo doch alle Vierfüßler viel stärker seien als ich. Daß ich mich nur von Schnecken und Insekten ernähren könne, hielten sie für ausgeschlossen. Einer der Weisen meinte, ich müsse einer bisher unbekannten Zwergenrasse angehören, denn ein normaler Zwerg sei doch mindestens dreißig Fuß hoch und nicht so ein Däumling wie ich, wahrscheinlich sei ich sogar ein Zwergenkind von Zwergen unter den Zwergen. Die beiden anderen widersprachen und verwiesen auf meinen wohlproportionierten Körperbau, der in seiner Winzigkeit alle Merkmale eines erwachsenen Menschen aufweise. Unter der Lupe seien zudem eindeutig Bartstoppeln zu erkennen. Nein, ein Zwergenkind könne ich nicht sein, meine Kleinheit sei einzigartig und unerklärlich! Nach langen Debatten einigten sie sich endlich darauf, ich müsse ein lusus naturae, eine Laune der Natur sein. Nach dieser weisen Entscheidung bat ich einen Augenblick um Gehör. Ich wandte mich an den König und versicherte ihm, daß ich aus einem fernen Land komme, in dem noch viele Millionen Menschen beiderlei Geschlechts herumliefen, die nicht größer seien als ich. Häuser, Bäume und Tiere stünden dort im richtigen Größenverhältnis zueinander, und ich sei somit durchaus in der Lage, mich zu verteidigen und zu ernähren – so einfach sei das! Die Gelehrten quittierten diese einleuchtende Erklärung lediglich mit einem verächtlichen Lächeln und höhnten, der Bauer habe mich wirklich gut abgerichtet.

Der König, der mehr Verstand besaß als die drei Neunmalklugen zusammen, machte es sich nicht so einfach. Er ließ den Bauern holen, der die Stadt glücklicherweise noch nicht verlassen hatte, und führte mit diesem ein langes Gespräch unter vier Augen. Nachdem er auch das Mädchen noch einmal gründlich befragt und die Aussagen von Vater und Tochter verglichen hatte, gelangte Seine Majestät schließlich zu der Überzeugung, daß unsere Erzählungen der Wahrheit entsprechen müßten. Er bat die Königin, dafür zu sorgen, daß es mir an nichts fehle, und wies Glumdalclitch – zu deren und meiner Freude – an, wie gewohnt nach mir zu sehen. Man richtete für sie ein komfortables Zimmer im Schloß ein, und eine Gouvernante mußte sich um ihre Erziehung kümmern. Außerdem bekam sie eine eigene Kammerzofe, die ihr beim Ankleiden half, und zwei Dienstmädchen. Sie hatte allein die Aufgabe, sich um mich zu kümmern.
Der Hoftischler erhielt den Auftrag, nach Glumdalclitchs und meinen Plänen ein Kästchen anzufertigen, das mir als Schlafzimmer dienen sollte. Dieser Mann war ein geschickter Handwerker und baute innerhalb von drei Wochen für mich ein kleines Holzhaus mit Schiebefenstern, einer Tür und zwei Nebenräumen. Als Dach diente ein Brett, das man mittels zweier Scharniere auf- und zuklappen konnte, so daß Glumdalclitch täglich mein Bett, das der Hofpolsterer geliefert hatte, herausnehmen konnte, um die Matratze und das Bettzeug zu lüften. Abends stellte sie es wieder an seinen Platz, und wenn ich mich hingelegt

hatte, schloß sie das Dach über mir. Ein anderer geschickter Tischler, der sich vortrefflich auf die Herstellung von Spielzeug verstand, fertigte für mich zwei Lehnstühle, zwei Tische und einen Schrank für meine Sachen. Alle Wände des Zimmers, der Fußboden und die Decke waren weich gepolstert, um die Härte der Stöße zu dämpfen, wenn ich einmal in einer Kutsche fuhr. Um das Eindringen von Ratten und Mäusen zu verhindern, bat ich um ein Schloß für meine Tür, und dem Schmied gelang das Kunststück, ein winziges Exemplar davon anzufertigen. Ich nahm den Schlüssel an mich, da ich befürchtete, Glumdalclitch könne ihn verlieren.

Die Königin ließ die allerfeinste Seide beschaffen, um neue Kleidung für mich daraus nähen zu lassen. Zwar war der Stoff bei aller Feinheit immer noch dick und grob wie eine englische Bettdecke, doch mit der Zeit gewöhnte ich mich daran und lernte, mich in meinem neuen Gewand, das nach der Mode des Landes einen teils persischen, teils chinesischen Zuschnitt hatte, würdevoll und feierlich zu bewegen.

Mit der Zeit hatte die Königin einen solchen Narren an mir gefressen, daß ich ihr bei jeder Mahlzeit Gesellschaft leisten mußte. Ein Tisch und ein Stuhl für mich wurden neben dem Platz auf den Tisch gesetzt, an dem Ihre Majestät speiste. Auf einem Schemel in der Nähe des Tisches stand Glumdalclitch, um mich zu bedienen und mir zu helfen. Ich hatte ein vollständiges Gedeck silberner Schüsseln und Teller, genau wie die Königin, nur daß es sich im Vergleich dazu ausnahm wie ein Puppenservice. Glumdal-

clitch bewahrte es in einer silbernen Dose auf, spülte und pflegte es. Mit uns tafelten immer die beiden Prinzessinnen, die ältere war damals sechzehn, die jüngere dreizehn Jahre alt. Ihre Majestät pflegte mir ein Stück Fleisch auf meinen Teller zu legen, das ich selbst in kleine Häppchen

schnitt, und sie hatte jedesmal die größte Freude daran, mir beim Essen zuzusehen.
Der König speiste nur am Mittwoch – das ist dort ein Feiertag wie bei uns der Sonntag – zusammen mit der Königin, den Prinzen und Prinzessinnen, und zwar in seinen Gemächern. Da ich mittlerweile auch in seiner Gunst sehr gestiegen war, stand mein kleiner Tisch nun auch regelmäßig an diesem Tag auf dem Tisch des Königs, links von ihm, neben einem Salzstreuer. Der König liebte es, sich mit mir zu unterhalten, und erkundigte sich nach den Lebensgewohnheiten, den Gesetzen, der Religion, der Regierung und den Wissenschaften meiner Heimat. Er war so verständig und klug, daß er sich immer alles bis ins Detail erklären ließ und viele Zwischenfragen stellte. Ich gab ihm nach bestem Wissen Auskunft und versuchte, seine Wißbegier so vollständig wie möglich zu befriedigen.
Die Angst vor der Größe der Leute war im Laufe der Zeit von mir gewichen. Ich hatte mich an ihre Eigenarten gewöhnt, und insbesondere über die Marotten und das Gehabe der höfischen Gesellschaft, über deren hohles Geschwätz und blasiertes Benehmen konnte ich mich köstlich amüsieren.
Ein ständiger Anlaß zu Ärger und Verdruß war indes der Zwerg der Königin. Diese aufgeblasene Kröte, wahrhaftig keine dreißig Fuß hoch, galt vor meiner Zeit als das kleinste Geschöpf im ganzen Land und glaubte, nun endlich in mir jemanden gefunden zu haben, auf dem es sich nach Belieben herumtrampeln ließ. So spielte dieser Zwerg mir ge-

genüber unablässig den Prahlhans und versäumte keine Gelegenheit, sich vor den Hofdamen über meinen kleinen Wuchs lustig zu machen. Ich konnte mich nur dadurch rächen, daß ich ihn Bruder nannte oder zum Ringen aufforderte und damit die Lacher wieder auf meiner Seite hatte.

Eines Tages geriet dieser boshafte Dreikäsehoch über irgend etwas, das ich ihm zugerufen hatte, so in Wut, daß er sich auf die Armlehne des königlichen Stuhles schwang, mich packte und in eine große Silberschale voll Sahne warf. Ich versank bis über beide Ohren, und wäre ich nicht so ein guter Schwimmer gewesen, so hätte die Geschichte für mich ein tragisches Ende genommen, denn Glumdalclitch befand sich gerade am anderen Ende des Zimmers, und die Königin war vor Entsetzen wie gelähmt. Mein kleiner Schutzengel flog aber sofort herbei und fischte mich aus der weißen Pampe, nachdem ich bereits eine kräftige Portion davon geschluckt hatte. Ich wurde zu Bett gebracht, behielt aber keinen bleibenden Schaden zurück, lediglich mein Anzug war vollständig ruiniert. Der Zwerg wurde zur Strafe ordentlich durchgehauen und mußte die ganze Schale Sahne, in die er mich geworfen hatte, austrinken.

Bevor die Königin diesen Widerling gottlob endlich ihrer bestgehaßten Freundin schenkte, versuchte er noch einmal, mich umzubringen. Glumdalclitch war für einen Moment aus dem Zimmer gegangen, und die Königin hatte soeben dem Tisch den Rücken gekehrt, als das Scheusal mich erneut packte und mich in einen ausgehöhlten Mark-

knochen steckte, den die Königin auf ihrem Teller zurückgelassen hatte. Es hätte nicht viel gefehlt, und ich wäre erstickt! Erst im letzten Moment konnte Glumdalclitch mich befreien.

Eines Morgens hatte Glumdalclitch mich mit meinem Kasten ans weit geöffnete Fenster gestellt. Bei schönem Wetter tat sie das häufig, damit ich die Sonne und die frische Luft genießen konnte. Ich hatte eines der Schiebefenster geöffnet, saß behaglich an meinem Tisch und aß ein Stück süßen Kuchen zum Frühstück. Plötzlich schossen etwa zwanzig Wespen in das Zimmer und machten einen Krach wie tausend Dudelsäcke. Einige flogen mir um den Kopf und raubten mir mit ihrem Gebrumm fast die Sinne. Diese Tiere waren so groß wie Hühner und hatten furchtbare Stacheln. Mutig zog ich meinen Degen und versuchte, sie in der Luft zu zerstückeln. Vier von ihnen konnte ich erlegen, die übrigen entkamen. Ich schloß hinter ihnen sofort das Fenster und sah mir die toten Insekten aus der Nähe an. Ihre Stacheln waren lang wie Dolche und scharf wie Nadeln. Ich riß sie ihnen aus und verwahrte sie gut. In Europa habe ich sie zusammen mit anderen kuriosen Mitbringseln oft gezeigt, und drei davon schenkte ich später der englischen Akademie der Wissenschaften.

4. Kapitel

Brobdingnag, das Land der Riesen, hat etwa eine Ausdehnung von dreißigtausend Quadratmeilen, so daß ganz Europa spielend darin untergebracht werden könnte. Ich selbst bin nie mehr als tausend Meilen über Lorbrulgrud, die Hauptstadt, hinausgekommen, weil die Königin, die mich immer mitnahm, nie weitere Reisen zu unternehmen pflegte.

Das Königreich liegt auf einer Halbinsel, die im Nordosten durch einen Gebirgszug begrenzt wird, der die dreifache Höhe des Himalaja-Gebirges hat. Da diese Berge ausschließlich Vulkane sind, können ihre Gipfel nicht überstiegen werden – was sich jenseits der Berge befindet, weiß niemand. Obwohl das Land an den übrigen drei Seiten vom Meer begrenzt wird, gibt es in ganz Brobdingnag keinen einzigen Hafen. Alle Flußmündungen sind von spitzen Felsen und Riffen durchsetzt, und das Meer ringsum hat so gefährliche Untiefen, daß kein Boot sich hinauswagt. Somit ist das Volk also von der übrigen Welt völlig abgeschnitten. Die großen Ströme sind reich an prachtvollen Fischen, die vortrefflich schmecken; Seefische indes werden selten gefangen, es lohnt sich nicht, weil sie so winzig sind. Höchstens verzehrt man schon einmal einen gestrandeten Wal. Ich sah davon einen auf dem Teller des Königs liegen, der jedoch keinen rechten Gefallen an diesem Tier zu finden schien.

Das Land ist sehr bevölkert und hat einundfünzig Großstädte, hundert kleinere Städte und unzählige Dörfer. Die Hauptstadt Lorbrulgrud wird durch einen Fluß in zwei Teile geteilt, hat etwa sechshunderttausend Einwohner und ist von immenser Ausdehnung.

Für Glumdalclitch und mich stand ständig eine Kutsche bereit, in der wir ausfahren konnten, um uns die Stadt anzusehen oder Einkäufe in den vielen Geschäften und Kramläden zu machen. Dabei reiste ich immer in meiner Schachtel, und das Mädchen nahm mich unterwegs heraus und hielt mich in seiner Hand an das verglaste Seitenfenster der Kutsche, damit ich Häuser, Läden und Leute sehen konnte, wenn wir durch die Straßen fuhren.

Neben der großen Schachtel, in der ich gewöhnlich wohnte, hatte die Königin für mich noch eine kleinere Reisekiste anfertigen lassen, in der ich bequem sitzen, stehen und liegen konnte. Sie hatte drei Fenster, die von außen mit schweren Gitterstäben versehen waren, um mich unterwegs vor etwaigen Zugriffen zu sichern. An der fensterlosen Seite waren zwei starke Ringe angebracht, durch die konnte man einen Riemen ziehen und sich die Schachtel um den Leib schnallen. Meist hielt Glumdalclitch das Kästchen zwar auf ihrem Schoß, doch auf langen Reisen, wenn ich des Sitzens in der Kutsche müde war, mußte sich ein Diener meine Schachtel vor den Bauch schnallen und mich vor sich mit aufs Pferd nehmen, so konnte ich aus allen drei Fenstern die Aussicht auf die Landschaft genießen. Es fehlte mir in dieser bequemen Kiste, die wie eine Schiffskajüte eingerichtet war, an nichts. Sogar eine Hängematte hing von der Decke herab, und Tisch und Stühle waren am Boden festgeschraubt, damit sie infolge der Erschütterungen beim Reiten oder Fahren in der Kutsche nicht umfallen konnten.

Sobald ich Lust hatte, in die Stadt zu fahren, geschah dies in meiner Reiseschachtel. Das Volk kannte mich inzwischen und verehrte mich regelrecht. Unsere Kutsche war immer von Menschen umringt, und oft ließ Glumdalclitch den Kutscher anhalten, nahm mich auf ihre Hand und zeigte mich den staunenden Leuten aus nächster Nähe.

Im Laufe der Zeit lernte ich alle großen Bauwerke und Tempel der Hauptstadt kennen und kannte mich natürlich auch im königlichen Palast bestens aus. Am meisten hat mich die königliche Küche beeindruckt, deren Gewölbedecke so groß ist wie die Kuppel der St.-Paul's-Kathedrale in London. Über dem riesigen Herd hingen Töpfe und Kessel von solchen Ausmaßen, daß ich darin nebst einer ganzen Schiffsmannschaft bequem über den Ozean hätte segeln können.

Ich hätte in diesem fruchtbaren Land und in seinem prunkvollen Palast glücklich und zufrieden bis ans Ende meiner Tage leben können, wenn es nicht aufgrund meiner winzigen Statur immer wieder zu unliebsamen und gefährlichen Zwischenfällen gekommen wäre, die mir das Dasein dort arg vermiesten. Ich werde im nächsten Kapitel über einige dieser Abenteuer berichten.

5. Kapitel

Glumdalclitch trug mich oft in meiner Reiseschachtel in den Hofgarten. Zuweilen nahm sie mich heraus und setzte mich auf den Boden, damit ich etwas spazierengehen konnte. Die Königin hatte zu dieser Zeit noch ihren gräßlichen Zwerg, und der war uns eines Tages heimlich in den Garten gefolgt. Ich stand gerade unter einem Zwergapfelbaum, da erblickte ich den Kerl und konnte es mir nicht verkneifen zu bemerken, daß ich nicht verstehe, warum man extra für ihn einen dieser kleinen Apfelbäume gepflanzt habe, wo er doch bekanntlich einen duftenden Pferdeapfel jedem anderen Apfel vorziehe. Daraufhin sprang der humorlose Wicht herbei und fing an, den Baum zu schütteln, daß mir die Äpfel, jeder so groß wie ein Weinfaß, nur so um die Ohren flogen. Als ich mich bückte, krachte mir einer mitten ins Kreuz, und ich fiel der Länge nach hin. Zum Glück ist mir weiter nichts passiert, und weil ich an dem Vorfall ja nicht ganz schuldlos war, behielt ich die Angelegenheit für mich, und der Zwerg kam ungeschoren davon.

Ein anderes Mal hatte mich Glumdalclitch auf dem Rasen

abgesetzt und sich mit ihrer Gouvernante in eine entfernte Ecke des Gartens begeben. Da ging plötzlich ein so furchtbarer Hagelschauer nieder, wie ich in meinem Leben noch keinen erlebt hatte. Ich wurde zu Boden geschleudert, und die Hagelkörner versetzten mir am ganzen Körper derartige Püffe und Knüffe, als würde ich mit Pflastersteinen beworfen. Auf allen vieren kroch ich mit letzter Kraft unter eine Thymianstaude, wo ich einigermaßen geschützt war. Allerdings war ich längst von Kopf bis Fuß mit Beulen übersät und konnte mich zehn Tage lang nirgendwo sehen lassen.

Ein noch gefährlicheres Abenteuer hatte ich zu überstehen, als Glumdalclitch mich wieder einmal ohne meinen Kasten an einer – wie sie glaubte – sicheren Stelle auf den Rasen setzte und mit ihrer Erzieherin spazierenging; denn plötzlich tauchte über mir das riesige Gebiß eines Jagdhundes auf, und eh ich mich's versah, befand ich mich in seinem Maul. Es war mein Glück, daß der Hund dem Hofgärtner gehörte, der ihn darauf abgerichtet hatte, seine Beute weder zu fressen noch zu zerfleischen, sondern behutsam zu apportieren. Der arme Gärtner, der mich gut kannte, war der Ohnmacht nahe, als sein Hund mich ihm vor die Füße legte. Ich war völlig benommen und klatschnaß vom Speichel des Tieres, aber sonst unverletzt. Der gute Mann nahm mich vorsichtig in die Hand, blies mich trocken und brachte mich unter tausend Entschuldigungen zurück zu Glumdalclitch, die ihn fürchterlich ausschimpfte, weil er nicht auf seinen Köter aufgepaßt hatte.

Die Spaziergänge im Garten schätzte ich seitdem nicht mehr so sehr, zumal ich mich jedesmal erschreckte, wenn selbst die kleinsten Vögel unbekümmert bis vor meine Füße hüpften, um Würmer zu suchen. Einmal war eine Drossel so frech, mir ein Stück Kuchen aus der Hand zu picken. Als ich sie verscheuchen wollte, hackte sie nach meinem Finger und hüpfte seelenruhig weiter. Eines Tages nahm ich einen dicken Knüppel und erwischte damit einen dreisten Finken so fest am Kopf, daß er umfiel. Ich nahm den Vogel, der so groß war wie ein Schwan, auf den Arm und rannte damit in den Palast. Aber der Fink war nur betäubt, kam schnell wieder zu sich und fing so heftig an, mit den Flügeln zu schlagen, daß ich ihn beinahe fliegen gelassen hätte. Zufällig kam ein Knecht vorbei, der den Vogel packte und ihm den Hals umdrehte. Auf Befehl der Königin wurde er mir am nächsten Tag zum Mittagessen serviert.

In höchstem Maße peinlich und schier unerträglich war es für mich, wie die schamlosen Ehrendamen der Königin mit mir umgingen, in deren Gemächer mich Glumdalclitch zu meinem Leidwesen des öfteren mitzunehmen pflegte. Sie behandelten mich wie eines ihrer Püppchen, zupften an mir herum, machten sich über mich lustig und kleideten sich in meiner Gegenwart ungeniert an und aus. Um sie herum war immer eine bestialisch stinkende Parfümwolke, die mir schier den Atem nahm, so daß ich fast ohnmächtig wurde.

Nach solch einem Erlebnis fand mich die Königin einmal

in tiefer Depression. Um mich aufzuheitern, fragte sie mich, ob ich mit Segel und Ruder umzugehen wisse, denn sie war der Meinung, ich könne ein wenig Bewegung gut vertragen und das Rudern sei ein sehr gesunder Sport.
Ich war von der Idee sofort begeistert und erzählte ihr von meinen zahlreichen Seefahrten, auf denen ich auch als Schiffsarzt immer einmal hätte zum Ruder greifen müssen. Allerdings könne ich mir nicht vorstellen, wie und wo ich in Brobdingnag diese Tätigkeit ausführen könne, da doch das kleinste Schiff so groß sei wie ein Kriegsschiff in meiner Heimat. Auch könne ein Boot, mit dem ich zurechtkomme, unmöglich auf einem der hiesigen Flüsse fahren.
Die Königin forderte mich auf, einen Plan für ein geeignetes Boot zu entwerfen, das ihr Schreiner dann für mich bauen werde. Dieser Schreiner war ein sehr geschickter Handwerker und baute nach meinen Plänen in zehn Tagen das Boot. Die Königin war begeistert und lief zum König, der befahl, mich mit dem Boot probeweise in eine Regentonne zu setzen. Diese war jedoch so eng, daß ich nicht einmal die Ruder ausfahren konnte. Nun ordnete die Königin den Bau eines hölzernen Troges von dreihundert Fuß Länge, fünfzig Fuß Breite und acht Fuß Tiefe an.
Als der Schreiner dieses Becken fertig hatte, wurde es in einem der hinteren Palasträume aufgestellt, und zwei Diener füllten es randvoll mit Wasser. Hier pflegte ich nun zum allgemeinen Vergnügen täglich die ein oder andere Stunde in meinem Boot herumzufahren, und die Königin und ihre Ehrendamen wurden nicht müde, meine Ge-

schicklichkeit zu bewundern. Manchmal hißte ich auch die Segel, und dann brauchte ich nur zu steuern, während die Damen mit ihren Fächern für eine frische Brise sorgten. Wenn ihnen die Arme vom Fächern schwer wurden, riefen sie nach einem Diener, der in die Segel blasen mußte, bis ihm schwindlig wurde! Wenn ich fertig war, nahm Glumdalclitch das Boot mit in ihr Zimmer und hängte es zum Trocknen an einen Nagel.

Einmal ereignete sich ein schwerer Unfall, der mich um ein Haar das Leben gekostet hätte. Nachdem ein Diener das Boot zu Wasser gelassen hatte, nahm mich die Gouvernante hoch, um mich ins Boot zu setzen. In vierzig Fuß Höhe entglitt ich ihren Fingern und wäre auf dem Steinboden unweigerlich zerschmettert, wäre ich nicht mit meinem Gürtel am Kopf einer Stecknadel hängengeblieben, die der Dame aus der Bluse ragte. So hing ich aufgespießt in luftiger Höhe, bis Glumdalclitch mich schließlich abnahm.

Ein andermal hatte der Diener, der immer für frisches Wasser sorgen mußte, nicht aufgepaßt, und ein fürchterlicher Ochsenfrosch war in den Trog geraten.

Er hielt sich versteckt, bis ich im Boot saß, tauchte dann auf und machte sich daran, auf das Boot zu klettern, das natürlich Schlagseite bekam und umzukippen drohte. Ich mußte kräftig dagegenhalten, um ein Kentern zu verhindern. Nun hockte der Frosch auf meinem Boot und hüpfte munter darauf herum. Damit nicht genug, er sprang auch über mich hinweg und schleimte mich von oben bis unten ein – es war einfach widerlich! Mit einigen kräftigen Ru-

derhieben gelang es mir schließlich, dieses Scheusal wieder ins Wasser zu jagen.
In die allergrößte Gefahr geriet ich jedoch durch einen Affen, der einem der königlichen Köche gehörte. Glumdalclitch hatte mich in ihrem Zimmer eingeschlossen und war ausgegangen. Es war ein heißer Sommertag, und die Fenster ihres Zimmers sowie die meiner Schachtel waren weit geöffnet. Ich saß gedankenverloren am Tisch, als ich plötzlich ein Geräusch vernahm und sah, wie etwas durch das Fenster flog. Dann polterte etwas durch den Raum, und als ich vorsichtig um die Ecke spähte, erblickte ich einen leibhaftigen Affen, der ausgelassen durch das Zimmer turnte. Er begrapschte alles und musterte neugierig das

Mobiliar. Dann entdeckte er meine Schachtel, die ihn ganz besonders zu interessieren schien. Er nahm sie in die Pfoten und äugte in jedes Fenster. Ich verkroch mich im äußersten Winkel und hielt den Atem an, doch der Affe drehte das Kästchen in alle Richtungen, so daß ich furchtbar umhergeschleudert wurde und vor Schmerzen und Entsetzen zu schreien begann. Wie eine Katze mit ihrer Pfote in ein Mauseloch greift, so schob der Affe nun seine Pfote durch die geöffnete Tür meiner Schachtel und tastete nach mir. Ich wich ihr immer wieder aus, war aber bald restlos erschöpft, wurde schließlich am Rockzipfel erwischt und hinausgezerrt. Der Affe nahm mich in die rechte Vorderpfote und drückte mich fest an sich, wie Mütter es mit ihren kleinen Kindern zu tun pflegen. Er streichelte mir zärtlich über das Gesicht und gab dabei gurrende Laute von sich, wahrscheinlich hielt er mich wirklich für ein Affenkind. Machte ich Anstalten, mich aus seiner Umarmung zu befreien, so griff er sofort fester zu, und ich hatte große Angst, er könne mich erdrücken. Plötzlich gab es an der Zimmertür ein Geräusch, und Glumdalclitch trat ein. Mit einem mächtigen Satz sprang der Affe aus dem Fenster und hangelte sich mit einer Pfote am Efeu hoch bis zur Dachrinne und schwang sich von dort aus aufs Dach, während er mich die ganze Zeit über in der anderen Pfote gut festhielt. Unten hörte ich Glumdalclitch, die gerade noch mitbekommen hatte, wie der Affe mich entführte, laut aufschreien, und bald stand der ganze Palast kopf. Diener rannten umher und schleppten

Leitern herbei, unten im Hof liefen Scharen von Menschen zusammen und starrten zum Dach empor.
Oben auf dem First saß der Affe, hielt mich wie ein Kind im Arm und fütterte mich mit einem ekelhaften Brei, den er sich aus den Backentaschen pulte. Wenn ich nicht essen wollte, stopfte er mir das Zeug gewaltsam in den Mund und schlug mich, was einige der Zuschauer anscheinend sehr witzig fanden, denn das Gelächter im Hof war groß.
Aber einige warfen auch Steine herauf, um den Affen zu vertreiben. Dies wurde aber schnell unterbunden, da so ein Stein ja auch mich hätte treffen und auf der Stelle töten können. Endlich wurden Leitern angelegt, und mehrere Männer machten sich daran, auf das Dach zu steigen. Als der Affe das sah, ließ er mich erschreckt fallen und machte sich davon. Da lag ich nun in schwindelerregender Höhe und rechnete jeden Moment damit, von einem Windstoß erfaßt und hinabgeweht zu werden oder den Halt zu verlieren und vom Dach zu rutschen. Wieder einmal hatte ich mit meinem Leben abgeschlossen, als ein mutiger Junge das Dach erreichte, mich packte und in die Hosentasche steckte. Wenige Augenblicke später setzte er mich wohlbehalten wieder auf den Boden.
Ich war an dem ekelhaften Zeug, das der Affe mir dauernd in den Mund gesteckt hatte, beinahe erstickt. Mein kleiner Schutzengel versuchte mit einer Nadel, meinen Mund davon freizubekommen, bis ich mich schließlich übergeben mußte und endlich Erleichterung verspürte. Danach war ich so krank, daß ich vierzehn Tage das Bett hüten mußte.

Der König, die Königin und der ganze Hof erkundigten sich täglich nach meinem Befinden, und häufig erhielt ich Besuch. Der Affe war unterdessen eingefangen und getötet worden, und der König hatte befohlen, daß in Zukunft kein Tier dieser Art mehr im Palast gehalten werden dürfe. Als ich dem König nach meiner Genesung einen Besuch abstattete, um ihm für alles zu danken, erkundigte er sich scherzhaft danach, wie mir die Mahlzeit, die der Affe mir verabreicht habe, bekommen sei und wie ich in einer solchen Situation wohl in meiner Heimat reagiert hätte. Ich entgegnete, dort gebe es keine Affen außer im Zoo, und diese Affen seien so klein, daß ich mit einem Dutzend von ihnen fertig werden könnte, wenn sie mich angreifen würden. Was nun das Riesentier betreffe, von dem hier die Rede sei – es war wirklich so groß wie ein Elefant –, so sei es nur der Schock gewesen, der mich gelähmt und handlungsunfähig gemacht habe. Normalerweise wäre ich der Bestie schon mit dem Degen zu Leibe gerückt. Ich sagte dies im Brustton der Überzeugung und wie ein Mann, dessen Mut in Zweifel gezogen worden ist. Um so mehr kränkte es mich, daß die Anwesenden für meine Worte nur ein dröhnendes Gelächter übrig hatten. Ich zog daraus für mich den Schluß, daß es müßig ist, von Leuten Verständnis zu erwarten, die in jeder Beziehung so grundlegend verschieden von einem selbst sind.
Von da an gab ich dem Hof fast täglich unfreiwillig Gelegenheit, sich über mich lustig zu machen, und alles, was ich tat, wurde ins Lächerliche gezogen. Selbst Glumdalclitch,

die mich doch so sehr liebte, konnte voller Schadenfreude sein und erzählte der Königin zu deren Freude alles, was ich wieder angerichtet hatte. Es war beispielsweise sehr demütigend zu wissen, daß der ganze Hof darüber lachte, daß ich bei dem Versuch, über einen Kuhfladen zu springen, das Mißgeschick gehabt hatte, bis zum Hals mitten im Mist zu landen. Tagelang konnte ich mich daraufhin im Palast nicht mehr blicken lassen, und jeder, der mich fortan sah, zeigte mit dem Finger auf mich und brüllte vor Lachen!

6. Kapitel

Der König war ein großer Musikliebhaber und veranstaltete häufig Konzerte. Um mir diesen Kunstgenuß nicht vorzuenthalten, brachte man mich hin und wieder in meiner Schachtel in den Konzertsaal. Aber der Lärm, der dort regelmäßig erzeugt wurde, verursachte mir schreckliche Kopfschmerzen, so daß ich darum bat, man möge mich in den äußersten Winkel des Saales stellen. Ich schloß dann Fenster und Tür meiner Kiste, zog die Vorhänge zu und konnte so die Musik einigermaßen ertragen.

Ich hatte in meiner Jugend ein wenig das Spinettspielen gelernt. Glumdalclitch hatte ein ähnliches Instrument in ihrem Zimmer, und zweimal wöchentlich erhielt sie von einem Musiklehrer Unterricht. Eines Tages hatte ich Lust, dem Königspaar eine Kostprobe meines Könnens und der englischen Musik zu geben. Dieses Unterfangen erwies sich als äußerst schwierig, denn das Spinett war fast sechzig Fuß lang, und die Tasten waren so riesig, daß ich mit weit ausgestreckten Armen nicht über fünf davon greifen konnte. Um eine Taste auch nur niederzudrücken, war jedesmal ein kräftiger Faustschlag erforderlich, so daß ich mir eine

besondere Spielmethode ausdachte: Ich besorgte mir zwei kräftige Knüppel, die am einen Ende dicker waren als am anderen.
Die dicken Enden überzog ich mit Mäusefell, um einen weichen Anschlag zu erzielen und die Tasten nicht zu beschädigen. Vor das Instrument wurde eine hohe Bank gestellt, auf die ich mich heben ließ, so daß ich nun die Tasten in Bauchhöhe vor mir hatte – das Konzert konnte beginnen! Ich drosch mit den beiden Knüppeln wie wild auf die Tasten ein, raste dabei von links nach rechts über die Bank und wieder zurück, hämmerte hier fester und da weniger fest und hatte nur die Sorge, immer die richtige Taste zu treffen. Doch ich hatte vorher fleißig geübt und spielte mein kleines Liedchen zur vollsten Zufriedenheit des königlichen Publikums nahezu fehlerfrei herunter. Allerdings war ich danach fix und fertig, und ich erinnere mich nicht, jemals in meinem Leben eine härtere körperliche Arbeit verrichtet zu haben!
Ich erwähnte bereits an anderer Stelle, daß der König ein sehr gebildeter und scharfsinniger Mensch war, der oft und gerne mit mir zu diskutieren pflegte. Er ließ mich dann in meiner Schachtel zu sich tragen und bot mir einen bequemen Puppensessel mitten auf seinem Schreibtisch an. So saßen wir uns unmittelbar gegenüber und konnten uns gut unterhalten.
In diesen Gesprächen nahmen wir beide kein Blatt vor den Mund, und einmal sagte ich dem König freiheraus, daß ich seine herablassende und verächtliche Art, mit der er über

Europa und die übrige Welt zu sprechen pflege, für töricht und seiner nicht würdig halte, denn schließlich wachse der Verstand nicht mit der Körpergröße. Im Gegenteil habe man bei uns die Beobachtung gemacht, daß die größten Menschen nicht selten die dümmsten sind. Dies könne man im übrigen auch im Tierreich beobachten, wo zum Beispiel die kleinen Bienen oder Ameisen viel klüger, fleißiger und geschickter als größere Tierarten seien. Möge Seine Majestät mich auch für noch so lächerlich und unbedeutend halten, so hoffe ich doch sehr, ihn gelegentlich eines Besseren belehren und von meiner Nützlichkeit überzeugen zu können.

Der König hatte mir aufmerksam zugehört, und ich glaubte zu bemerken, daß ich ein wenig in seiner Achtung gestiegen war. Er fragte mich nun nach dem englischen Regierungssystem und forderte mich auf, mehr von meinem Vaterland zu erzählen, vielleicht finde sich ja sogar etwas Nachahmenswertes.

Ich erklärte ihm zunächst einmal, daß unser Land aus zwei Inseln, vielen Kolonien in der ganzen Welt und drei mächtigen Königreichen besteht, die der Zentralregierung eines einzigen Königs unterstellt sind. Dann lobte ich unsere fruchtbaren Böden und das milde Klima, ehe ich ihm ausführlich die Verfassung des britischen Parlaments auseinandersetzte. Dieses bestehe aus zwei Kammern, dem Oberhaus oder House of Lords, dem der alteingesessene Adel angehöre, und dem Unterhaus oder House of Commons, bestehend aus frei gewählten Volksvertretern aller

Stände. Diese beiden Kammern bildeten zusammen mit dem König die fortschrittlichste und ehrwürdigste Regierung Europas.
Im Parlament, so fuhr ich fort, würden die Gesetze verabschiedet, mit deren Einhaltung und Auslegung die Gerichtshöfe befaßt seien. Diesen stünden studierte Richter vor, die in allen Streitfällen des Lebens, ob Eigentumsfragen oder Strafdelikte, Recht sprächen und verpflichtet seien, zu einem angemessenen Urteil zu finden.
Ich ging noch auf unsere solide Finanzpolitik ein, auf die Disziplin und Tapferkeit unserer Soldaten zu Wasser und zu Lande und berechnete die Größe unserer Bevölkerung, indem ich überschlug, wie viele Millionen in all den religiösen Sekten, politischen Parteien und Sportvereinen zusammengeschlossen sein mögen. Mit einem kurzen Abriß der englischen Geschichte der letzten einhundert Jahre schloß ich meinen Vortrag.
Da der König immer wieder Rück- und Zwischenfragen stellte, sich Notizen machte und alles ganz genau wissen wollte, waren für meinen Bericht nicht weniger als fünf Audienzen nötig.
Nachdem ich fertig war, nahm der König in einer sechsten Sitzung seine Aufzeichnungen zur Hand und legte mir zu fast jedem Punkt seine Zweifel und Einwände und wieder neue Fragen vor. Er erkundigte sich nach der Ausbildung des jungen Adels, nach welchem Verfahren die Lords in das Oberhaus nachrückten, wenn eine alte Familie aussterbe, ob ein Lord nur nach seinen Fähigkeiten ernannt werde

oder ob dabei nicht doch die Laune des Königs oder die Höhe des Bestechungsgeldes für einen Minister eine Rolle spiele. Dann mußte ich ihm das Verfahren der Unterhauswahlen erläutern. Auch hier bezweifelte er, daß immer nur die besten und klügsten Kandidaten gewählt würden, und fragte, ob nicht diejenigen mit einem dicken Beutel den tüchtigen Männern den Rang abliefen. Er verstand zudem gar nicht, daß sich einfache Leute freiwillig in dieses Parlament wählen ließen, weil die Arbeit in der Versammlung doch sehr aufwendig, mühevoll und kostspielig sei und zum Ruin der ganzen Familie führen könne, da ja weder Gehalt noch Pensionen gezahlt würden. Daß jemand ein solch selbstloses Opfer für sein Vaterland zu bringen bereit sei, konnte er nicht nachvollziehen und wollte wissen, ob es für diese Leute denn wenigstens etwas zu verdienen

gebe, wenn sie irgendwelche Gesetze im Sinne kapitalkräftiger Großgrundbesitzer beschlössen oder diesen anderweitig Vorteile verschafften. Ich konnte dies nicht bestätigen, wollte es aber auch nicht ausschließen. Auch über unsere Gerichtsbarkeit verlangte der König nähere Auskunft, und diesbezüglich konnte ich ihm genauer antworten, da ich selbst einmal einen langwierigen Prozeß am Kanzleigericht geführt hatte, der mich fast ruiniert hätte.
Keine Ruhe ließ ihn die Organisation unserer Streitmacht. Er sagte, wie erstaunt er sei zu hören, daß wir ein stehendes Söldnerheer hätten und keine allgemeine Wehrpflicht. Eine solche Truppe von Berufssoldaten, die mitten im Frieden in einem freien Land unterhalten werde, sei Verschwendung, und er fügte hinzu, wenn wir nur nach unserem eigenen Willen von unserer Volksvertretung regiert würden, so könne er nicht begreifen, vor wem wir uns überhaupt fürchteten oder wen wir bekämpfen wollten. Er wollte von mir wissen, ob das Haus eines Privatmannes von diesem selbst und seiner Familie nicht besser geschützt werde als von einem Haufen bewaffneter Schurken, die man auf der Straße angeheuert habe und die noch mehr Geld verdienen würden, wenn sie eines Tages auf die naheliegende Idee kämen, die Leute auszurauben statt zu beschützen.
Ich hatte dem König auch von der weitverbreiteten Spielsucht erzählt, und er wollte nun genau wissen, welche Spiele man betreibe und in welchem Alter die Spieler seien. Ich nannte an erster Stelle das Kartenspiel als eines der

verwerflichsten Laster, von dem Menschen jeglichen Alters und aller Stände betroffen seien. Der König war der Meinung, diese Spiele brächten nichts als Unglück über die Menschen und würden sie früher oder später unweigerlich in den Wahnsinn treiben.
Empört war der König über meinen kurzen Abriß der Geschichte Englands. Er schüttelte entsetzt den Kopf über all die Morde, Verschwörungen und Rebellionen, die unser Land in so kurzer Zeit erlebt hatte.
In einer letzten Audienz faßte der König anhand seiner Notizen noch einmal alles, was ich ihm berichtet hatte, in eigenen Worten zusammen und bat mich, ihn zu korrigieren, wenn er etwas mißverstanden habe. Dann nahm er mich auf die Hand, streichelte mich sanft und sprach die nachstehenden Worte, die ich nie vergessen werde: »Mein kleiner Freund Grildrig! Sie haben eine bewundernswerte Lobrede auf Ihr Vaterland gehalten, in der Sie bewiesen haben, daß Ignoranz und Lasterhaftigkeit die Eigenschaften sind, mit denen man es im Leben am weitesten bringt, und daß Gesetze am besten von denen gemacht und ausgelegt werden, die sie am geschicktesten verdrehen und mißachten können. Manche der Einrichtungen Ihres Landes mögen ursprünglich gut gemeint gewesen sein, doch haben Bestechung, Heuchelei, Bosheit und Ehrgeiz inzwischen alles überwuchert. Aus allem, was Sie gesagt haben, geht eindeutig hervor, daß in Ihrem Land die Aufgaben nicht nach den Fähigkeiten der Menschen verteilt werden: Diejenigen mit dem besten Charakter werden nicht in den

Adelsstand erhoben, die Frömmsten nicht zu Priestern geweiht und die Tapfersten nicht zu Soldaten gemacht. Was Sie betrifft«, fuhr der König fort, »so kennen Sie wahrscheinlich das ganze Ausmaß der moralischen Verkommenheit in Ihrer Heimat noch nicht einmal, weil Sie die meiste Zeit Ihres Lebens auf Reisen waren. Wenn ich Sie und Ihre Erzählungen jedoch richtig verstanden habe, so muß ich zu dem Schluß kommen, daß die meisten Ihrer feinen Landsleute zu der übelsten Sorte des ekelhaftesten Ungeziefers zählen, dem die Natur je gestattet hat, auf der Erde herumzukriechen.«

7. Kapitel

Der geneigte Leser möge mir glauben, daß ich die Worte Seiner Majestät in meinen Aufzeichnungen am liebsten übergangen und verschwiegen hätte, allein aus meiner Liebe zur Wahrheit war mir dies absolut unmöglich. Glühend vor Wut und Zorn, die Faust in der Tasche geballt, mußte ich jene Schmährede auf mein geliebtes Vaterland über mich ergehen lassen. Wie der König von Brobdingnag aus meinen gewissenhaften und präzisen Berichten zu solchen Schlußfolgerungen gelangen konnte, wird mir bis ans Ende meiner Tage unerklärlich sein. Man muß jedoch einem König manches nachsehen, zumal wenn er von der übrigen Welt gänzlich abgeschlossen ist und nur über einen begrenzten geographischen Horizont verfügt. Es ist schon eine traurige Erkenntnis, daß mangelndes Wissen stets viele Vorurteile und eine gewisse Borniertheit zur Folge hat. Glücklicherweise sind wir und die gebildeten Länder Europas davon in keiner Weise betroffen.

Um meine letzten Worte zu bestätigen und die traurigen Folgen einer beschränkten oder fehlenden Bildung zu verdeutlichen, möchte ich an dieser Stelle einen Vorfall

schildern, dem man nur schwerlich Glauben schenken wird.
In der Hoffnung, Seine Majestät für meine Person wieder etwas günstiger stimmen und unser Land doch noch in ein besseres Licht rücken zu können, erzählte ich dem Monarchen von einer Erfindung, die man bei uns vor dreihundert oder vierhundert Jahren gemacht hat. Damals war es nämlich gelungen, ein schwarzes Pulver herzustellen, das sich beim kleinsten Funken augenblicklich entzündet und mit ohrenbetäubendem Lärm explodiert. Wenn man ein wenig von diesem Pulver in eine Eisen- oder Messingröhre füllt und gut feststopft, sodann eine Kugel vom Durchmesser des Rohres in dasselbe einführt und das Pulver unterhalb der Kugel durch einen Funken oder eine Lunte entzündet, so schießt die eiserne oder bleierne Kugel mit solcher Macht aus dem Rohr, daß nichts ihrer Gewalt widerstehen kann. Je nach Länge und Durchmesser des Rohres und dem Gewicht der Kugel können ganze

Schlachtreihen auf einmal vernichtet und die dicksten Mauern dem Erdboden gleichgemacht werden. Selbst die größten Kriegsschiffe mit tausend Mann Besatzung können auf diese Weise spielend versenkt werden!
Man kann dieses Pulver natürlich auch in hohle Eisenkugeln füllen, am besten mit scharfen Bleistücken durchsetzt. Schleudert man solche Kugeln, die nur ein kleines Loch für die Lunte haben, in eine belagerte Stadt, so sind die Auswirkungen dermaßen verheerend, daß der Gegner auf der Stelle kapituliert. Die Länge der Lunte, die das Pulver entzündet, muß dabei exakt berechnet werden, denn sie ist entscheidend für den Zeitpunkt der Explosion.
Ich kannte mich in diesen Dingen bestens aus, und nachdem ich dem König die vielfältigen Anwendungsbereiche und Einsatzmöglichkeiten dieser genialen Erfindung dargelegt hatte, eröffnete ich ihm nicht ohne Stolz, daß mir die Bestandteile jenes Pulvers bekannt seien und daß ich überdies wisse, in welchem Verhältnis man sie mische. Falls der König einverstanden sei, so könne ich auch den Arbeitern Anweisungen zur Herstellung der metallenen Röhren in allen Größen geben. Die größten brauchten nicht länger als hundert Fuß zu sein, und zwanzig oder dreißig davon würden schon genügen, die Mauern der größten und stärksten Städte des Königreiches in wenigen Stunden zu zerschmettern oder die ganze Hauptstadt in Schutt und Asche zu legen. Dies könne nötig werden, wenn sich eine Stadt einmal gegen den König auflehne oder sich weigere, seinen Gesetzen und Weisungen Folge zu leisten.

Hatte ich angenommen, dem König mit dieser Erfindung und dem Angebot meiner Dienste einen Gefallen tun zu können und ihm gleichzeitig meine Dankbarkeit für die vielen Beweise seiner Gunst, die ich von ihm bereits empfangen hatte, zu zeigen, so hatte ich mich gründlich getäuscht.

Dem König schauderte bei der Beschreibung dessen, was die verschiedenen Rohre und Kugeln alles anrichten konnten, und meine Vorschläge, sie zu bauen und einzusetzen, trieben ihm den kalten Schweiß auf die Stirn. Es verblüffe ihn vollends, sagte er mit heiserer Stimme, daß ein so winziges, kriechendes Insekt wie ich so ungeheuerliche und unmenschliche Gedanken in meinem Erbsenhirn wälze und so völlig ungerührt und kaltherzig von Vernichtung und Blutvergießen daherrede. Solche Waffen könnten nur in den Köpfen verachtenswerter Menschenhasser geboren worden sein, und er wolle lieber sein Königreich verlieren, als das erbärmliche Geheimnis von der Zusammensetzung jenes Pulvers zu erfahren. Neuen Entdeckungen stehe er immer aufgeschlossen gegenüber, solange sie im Bereich der schönen Künste und der Naturwissenschaften gemacht würden. Mit diesen Worten ließ er mich stehen und rief mir beim Hinausgehen noch zu, daß ich nie wieder von dieser abartigen Sache sprechen solle, wenn mir mein Leben lieb sei.

Ist einem je ein schlimmerer Fall von Kurzsichtigkeit und Verbohrtheit begegnet? Ein Fürst, versehen mit allen Gaben, die ihm Verehrung, Liebe und Achtung sichern, der weise und gebildet und mit beneidenswerten Talenten gesegnet ist, den sein Volk anbetet – ein solcher Mann läßt

sich wegen ein paar läppischer Gewissensbisse die einmalige Gelegenheit entgehen, zum unumschränkten Herrscher über Leben und Tod seiner Untertanen zu werden!
Ich will damit keinesweg den König und dessen hervorragenden Charakter schlechtmachen; vielmehr scheint mir seine Haltung typisch zu sein für das Denken und Handeln der Menschen einer Nation, in der die Politik noch nicht zur Wissenschaft gereift ist.
In diesem Zusammenhang erinnere ich mich, daß ich dem König einmal eher beiläufig sagte, in Europa seien mehrere tausend Bücher über die Kunst des Regierens geschrieben worden. Er schaute mich nur an, als wäre ich geisteskrank, und bemerkte spöttisch, es sei dies ein weiterer Beweis unseres geringen Verstandes. Zum Regieren, meinte er, brauche man allein seinen gesunden Menschenverstand, Gerechtigkeit und Nächstenliebe. Nichts hasse er mehr als Fürsten und Minister, deren Politik aus Geheimniskrämerei und Intrigen bestehe. Im übrigen sei sowieso jeder, der zum Beispiel ertragreichere Anbaumethoden für Getreide entwickele, für sein Vaterland wertvoller als alle Politiker zusammen.
Was soll man dazu noch sagen? Was soll aus einem Volk werden, das sich nur um Moral, Kunst, Poesie und Mathematik schert? Ich war neugierig zu erfahren, weshalb dieser Fürst, dessen Reich doch nach allen Seiten hin gesichert und völlig unzugänglich ist, ein großes Heer benötigt und seine Untertanen militärisch ausbilden läßt. Immerhin besteht die königliche Armee aus 176 000 Infanteristen und 32 000 berittenen Soldaten. Dieses Heer setzt sich übrigens

nur aus Bauern und Geschäftsleuten zusammen, die den Wehrdienst ehrenamtlich versehen, und wird befehligt von Männern, die in geheimer Abstimmung gewählt werden. Bei der Lektüre verschiedener Bücher, deren Seiten ich, auf einer Leiter stehend, mit viel Mühe entziffert habe, stieß ich auf den Grund für die Existenz dieser Armee. Dieses Volk hatte nämlich viele Generationen hindurch dieselben Probleme wie die Menschen überall auf der Welt: Der Adel wollte die Macht, das Volk die Freiheit und der König die uneingeschränkte Herrschaft. Trotz verschiedener Gesetze, die alle drei Parteien in ihre Schranken wiesen, kam es immer wieder zu blutigen Unruhen und Bürgerkriegen. Der letzte konnte vom Großvater des amtierenden Königs durch einen allseits akzeptierten Kompromiß glücklich beendet werden, und damals entschloß man sich dazu, ein Heer aufzustellen, das zukünftig im Land für Ruhe und Ordnung sorgen sollte.

8. Kapitel

Ich war eigentlich immer voller Zuversicht, daß ich eines Tages meine Freiheit wiedererlangen und in die Heimat zurückkehren würde, allerdings hatte ich nicht die leiseste Vorstellung, auf welchem Wege das geschehen könnte. Das Schiff, mit dem ich hierhin verschlagen worden war, war das erste und einzige, das jemals vor der Küste von Brobdingnag aufgetaucht ist, und der König hatte strengen Befehl gegeben, jedes weitere, das sich blicken ließ, sofort an Land zu holen und mit der ganzen Mannschaft in Körben nach Lorbrulgrud zu transportieren. Der König hätte mir nämlich gern eine passende Frau gegeben, um meine Rasse fortzupflanzen. Ich wäre allerdings lieber gestorben, als unter diesen demütigenden Umständen Kinder in die Welt zu setzen, die man am Ende wie zahme Kanarienvögel in Käfige gesteckt und auf dem Jahrmarkt dem Pöbel zur Schau gestellt oder an reiche Leute verkauft haben würde.

Zwar behandelte man mich insgesamt stets korrekt und mit großer Güte, doch fristete ich im Grunde ein menschenunwürdiges Dasein. Natürlich hatte ich auch große

Sehnsucht nach meiner Familie und das Bedürfnis, endlich wieder mit meinesgleichen zu verkehren. Ich wollte wieder einmal über Straßen und Felder gehen, ohne die ständige Angst im Nacken, aus heiterem Himmel wie ein Frosch oder ein junger Hund zertreten zu werden. Und dann kam meine Befreiung schneller als erwartet, und zwar auf eine sehr ungewöhnliche Weise.

Zu Beginn des dritten Jahres meines Aufenthalts in diesem Land machte das königliche Paar eines Tages einen Ausflug an die Südküste. Glumdalclitch und ich begleiteten die Reisegesellschaft. Ich befand mich wie gewöhnlich in meiner Reiseschachtel und hatte es mir in der Hängematte bequem gemacht, so konnte ich auch bei den heftigsten Erschütterungen ein Nickerchen machen. In die Decke meines Zimmers hatte ich mir inzwischen vom Tischler ein tellergroßes Loch sägen lassen, damit ich bei heißem Wetter etwas mehr frische Luft bekam. Mit einem einfachen Schieber ließ sich das Loch nach Belieben öffnen und schließen.

Nachdem wir schon fast die Küste erreicht hatten, beschloß der König, einige Tage in seiner nahe gelegenen Sommerresidenz zu verbringen, und änderte die Reiseroute. Da ich aber voller Begierde war, das Meer und den unendlichen Horizont zu sehen, gab ich vor, mich nicht wohl zu fühlen – und ich hatte mich wirklich leicht erkältet! –, und bat um die Erlaubnis, die frische Seeluft genießen zu dürfen. Da Glumdalclitch von der Reise erschöpft und so krank war, daß sie das Bett hüten mußte, vertraute mich der König einem zuverlässigen Diener an, der mich in meiner Schachtel an den Strand tragen sollte. Nie werde ich vergessen, wie widerwillig Glumdalclitch dazu ihre Einwilligung gab und wie sie dem Diener genaueste Anweisungen zu meiner Behandlung erteilte – dabei schluchzte und weinte sie unaufhörlich, als hätte sie die kommenden Ereignisse schon geahnt.

Der Diener brachte mich indes wohlbehalten an den Strand und setzte meine Schachtel in den Sand. Sehnsüchtig blickte ich über das weite Meer und träumte von zu Hause. Plötzlich überkam mich eine große Müdigkeit. Ich wies den Diener an, Türen und Fenster zu schließen, und legte mich in meine Hängematte. Der Diener wußte mich in Sicherheit und ging fort, um in den Klippen nach Vogeleiern zu suchen, während ich bereits in einen tiefen Schlaf gefallen war.

Plötzlich wurde ich durch einen heftigen Ruck an dem Ring geweckt, der oben auf meinem Kästchen angebracht war, um es bequem tragen zu können. Ich fühlte mich hoch in die Luft emporgehoben und merkte, wie die Schachtel mit großer Geschwindigkeit in horizontaler Richtung davongetragen wurde. Beim ersten Ruck wäre ich fast aus meiner Hängematte geschleudert worden, doch danach war nur noch ein sanftes Schaukeln zu spüren. Ich wußte nicht, wie mir geschah, und schrie mehrmals aus Leibeskräften, doch vergeblich! Dann riskierte ich einen Blick aus dem Fenster und sah nichts als Wolken und Himmel. Genau über meinem Kopf hörte ich ein Geräusch wie

Flügelschlagen, und da war mir plötzlich klar, in welch heikler Lage ich mich befand. Ein Adler hatte den Ring meines Kästchens mit dem Schnabel gepackt, um es auf eine Klippe fallen zu lassen, damit es zerschelle wie der Panzer einer Schildkröte – dann würde der Vogel mich aus den Trümmern herauspicken und verzehren.

Kurz darauf wurde das Flügelschlagen heftiger, und meine Reiseschachtel schaukelte hin und her wie eine Schiffslaterne bei stürmischem Wetter. Gleichzeitig hörte ich das unangenehme Geräusch von Hieben und Schlägen, die ein anderer Vogel, vermutlich auch ein Adler, offensichtlich demjenigen versetzte, der mein Kästchen im Schnabel hielt. Während ich in verzweifelter Ohnmacht dem Kampfgetöse über mir lauschte und mich voller Angst an meine Hängematte klammerte, fühlte ich plötzlich, wie ich mit atemberaubender Geschwindigkeit senkrecht nach unten fiel. Der Fall dauerte wohl eine Minute, die mir vorkam wie eine Ewigkeit, dann klatschte etwas mit solcher Wucht gegen die Kiste, daß ich fast bis an die Decke flog. Es wurde sofort stockfinster, und ein ungeheures Tosen und Brausen, lauter als die Niagarafälle, setzte ein. Dann fühlte ich, wie mein Kasten langsam wieder nach oben stieg, und plötzlich drang Licht durch die Oberfenster. Nun war mir klar, daß ich ins Meer gefallen war. Wahrscheinlich war der Adler, der mich getragen hatte, von ein oder zwei anderen Raubvögeln angegriffen worden, die ihm seine Beute abjagen wollten, und im Kampfgetümmel hatte er mich fallen lassen. Mein Kasten war zum

Glück stabil gebaut, fast wasserdicht und an allen Ecken mit dicken Eisenplatten verstärkt, so daß er den Aufprall unbeschädigt überstanden hatte. Nun trieb er, wegen seines Gewichts tief im Wasser, mit leichten Schaukelbewegungen auf der See. Ich richtete mich vorsichtig auf und machte mich daran, das Schiebebrett unter der Deckenluke zurückzuziehen, um frische Luft hereinzulassen, denn in meiner kleinen Kammer war es heiß und stickig.
Ich überlegte, wie lange ich es wohl in dem Gehäuse ohne Wasser und Brot würde aushalten können, und dachte wehmütig und mit Schmerzen an Glumdalclitch, meinen kleinen Schutzengel. Inmitten meines eigenen großen Unglücks tat das arme Mädchen mir unendlich leid, denn ich wußte, daß sie meinen Verlust nur schwerlich würde verschmerzen können, und beim König würde sie nun bestimmt in Ungnade fallen.
Plötzlich bemerkte ich, daß Wasser durch einige Ritzen sickerte. Ich verstopfte sie notdürftig und versuchte dann vergeblich, die Decke des Kastens hochzustemmen. Sollte meine schwimmende Kabine ein Leck bekommen und voll Wasser laufen, so war ich verloren.
Meine Lage wurde mit jeder Stunde, die ich einsam und verlassen dahintrieb, trost- und hoffnungsloser. Auf einmal glaubte ich, eine Art Kratzgeräusch an jener Seite meines Kästchens zu hören, an der die beiden Ringe für den Trageriemen befestigt waren, und wenige Augenblicke später hatte ich den Eindruck, der Kasten bewege sich schneller vorwärts und werde gezogen. Ab und zu gab es

einen harten Ruck, daß die Wellen bis über die Fenster schwappten und ich sekundenlang im Dunkeln saß. In mir keimte ein schwacher Hoffnungsfunke, aus dieser Geschichte doch noch lebend herauszukommen, wenngleich ich mir nicht vorstellen konnte, wie das geschehen sollte. Ich kletterte jedenfalls auf einen Stuhl, öffnete die Deckenluke, hielt meinen Mund, so nahe es ging, an das Loch und rief laut um Hilfe, und zwar in allen Sprachen, derer ich mächtig bin. Dann band ich mein Taschentuch an einen Stock, steckte ihn durch die Öffnung und schwenkte ihn wild hin und her. Sollte ein Schiff in der Nähe sein, so mußten die Matrosen dieses Zeichen sehen und würden sich denken können, daß in dem Kasten ein ganz und gar hilfloser Mensch sitzt.

Alle meine Bemühungen schienen indes erfolglos zu sein, denn es tat sich nichts. Allerdings merkte ich ganz deutlich, daß mein schwimmendes Gefängnis offensichtlich immer noch abgeschleppt wurde! Nach etwa einer Stunde stieß die Kiste krachend gegen etwas Hartes. Ich wurde heftig durchgeschüttelt und fürchtete schon, der ganze Kasten würde auseinanderbrechen. Aber dann vernahm ich über mir ein deutliches Scharren und das Geräusch eines Taus, das durch den Ring gezogen wurde, und ich spürte, wie ich nach und nach in die Höhe gehoben wurde. Sofort schwenkte ich wieder mein Taschentuch und schrie, bis ich fast heiser war. Plötzlich, ich glaubte meinen Ohren nicht zu trauen, ertönte aus nächster Nähe dreimal hintereinander ein lauter Ruf. Ich kann die Freude, die ich in diesem Moment empfand, nicht in Worte fassen – mein Glück war schier grenzenlos! Jetzt hörte ich über mir Schritte und Wortfetzen in englischer Sprache, dann rief jemand durch das Loch: »Wenn da unten jemand ist, soll er sich melden!« Ich antwortete heiser, ich sei Engländer, und bat, man möge mich so schnell wie möglich aus meinem Gefängnis befreien. Die Stimme antwortete, ich sei in Sicherheit, meine Kiste sei an ihrem Schiff festgemacht, und der Zimmermann werde sogleich kommen und ein Loch in den Deckel sägen, das groß genug sei, um mich herauszuziehen. Ich antwortete, das sei nicht nötig und viel zu umständlich, es müsse nur jemand seinen Finger durch den Ring stecken, das Kästchen aus dem Wasser heben und in die Kajüte des Kapitäns tragen. Natürlich mußten die

Leute annehmen, ich sei übergeschnappt, als sie mich diesen Unsinn reden hörten, und sie schienen sich auch köstlich zu amüsieren; doch mir war noch gar nicht bewußt geworden, daß ich mich wieder unter Menschen meiner Größe und Stärke befand. Der Zimmermann kam und erweiterte in wenigen Minuten das Loch in der Decke. Er ließ eine kleine Leiter hinunter, so daß ich nun mühelos durch die Öffnung schlüpfen konnte. Dann wurde ich völlig erschöpft an Bord des Schiffes gebracht.

Die Matrosen waren sehr erstaunt und neugierig und bestürmten mich mit tausend lästigen Fragen, auf die einzugehen ich absolut keine Lust hatte. Ich war vom Anblick dieser kleinen Wichte übrigens völlig verwirrt, denn mein Auge hatte sich in den vergangenen Jahren ganz auf das Erscheinungsbild überdimensionaler Menschen und Gegenstände eingestellt. Der Kapitän hieß Thomas Wilcocks und war ein offener und ehrlicher Mann aus Shropshire. Als er merkte, wie wacklig ich auf den Beinen war, führte er mich in seine Kajüte, verabreichte mir ein Stärkungsmittel und bot mir sein eigenes Bett an, damit ich ein wenig ausruhen könne. Bevor ich mich hinlegte, bat ich den Kapitän, er möge meinen Kasten doch sicherheitshalber auch in seine Kajüte bringen lassen, es befänden sich nämlich einige wertvolle persönliche Dinge und kostbare Möbel darin. Als der Kapitän das hörte, hielt er mich, wie zuvor schon seine Leute, für verrückt, begab sich aber, wahrscheinlich um mich zu beruhigen, an Deck, um nach meiner Kiste zu sehen. Wie ich später erfuhr, kam er gerade

noch rechtzeitig, um die Reste meiner teuren Reiseschachtel im Meer verschwinden zu sehen: Einige Matrosen hatten nämlich in der Zwischenzeit die Kiste nach allen Regeln der Kunst ausgeschlachtet. Alles, was interessant und brauchbar schien, war ausgeräumt worden und stand, mehr oder weniger beschädigt, an Deck. Die Seidenpolsterung hatten sie von den Wänden gerissen, die dicksten Bretter standen der Größe nach sortiert an der Reling, und der Rumpf flog gerade über Bord und versank Augenblikke später in den Fluten. Wenigstens ist mir der Anblick der Zerstörung jenes Kastens, mit dem ich so viele Erinnerungen und Gefühle verband, erspart geblieben.
Ich schlief mehrere Stunden und hatte dabei schlimme Alpträume von den Erlebnissen in Brobdingnag und der abenteuerlichen Reise in meiner Kiste. Als ich erwachte, fühlte ich mich dennoch ausgeruht und viel besser. Es war acht Uhr abends, und der Kapitän ließ sofort das Abendessen auftragen, denn er ging davon aus, daß ich schon lange nichts mehr zu essen bekommen hatte. Als er bemerkte, daß ich nicht mehr so einen wilden Blick hatte und auch kein wirres Zeug mehr redete, schien er erleichtert und bewirtete mich sehr freundlich und zuvorkommend. Schließlich bat er mich, ihm von meinen Reisen zu erzählen und von den Umständen, die mich in diese seltsame hölzerne Kiste gebracht hätten. Er sagte, er habe sie gegen zwölf Uhr mittags, als er mit dem Fernglas den Horizont absuchte, entdeckt und zunächst für ein Segelschiff gehalten. Er habe darauf zugehalten in der Hoffnung, etwas

Zwieback kaufen zu können, weil sein eigener allmählich knapp wurde. Als er näher gekommen sei, habe er seinen Irrtum erkannt und das Beiboot ausgesetzt, um der Sache auf den Grund zu gehen. Seine Leute seien ganz verstört zurückgekommen und hätten geschworen, ein schwimmendes Haus gefunden zu haben. Er habe seine Leute ausgelacht und sei selbst ins Boot gestiegen. Dann habe er mit eigenen Augen meine seltsame Kiste gesehen und befohlen, sie zum Schiff zu schleppen – der Rest sei mir ja bekannt.

Ich erkundigte mich, ob er irgendwelche riesigen Vögel am Himmel gesehen habe. Er dachte nach und sagte, daß einer von den Matrosen, die zuerst bei der Kiste angelangt waren, tatsächlich drei Adler gesehen haben wollte. Sie seien nach Norden geflogen, ob sie aber größer gewesen seien als gewöhnlich, habe er nicht erwähnt, das könne man bei solchen Entfernungen auch kaum erkennen.

Dann wollte ich noch wissen, wie weit wir nach seinen Berechnungen vom Land entfernt seien, und er meinte, nach den jüngsten Daten mindestens hundert Meilen. Ich widersprach und versicherte ihm, er müsse sich gewaltig irren; denn ich hätte das Land, aus dem ich käme, kaum zwei Stunden, bevor ich ins Wasser gefallen sei, verlassen. Der Kapitän schüttelte den Kopf und machte mir unmißverständlich klar, daß wohl doch mit meinem Verstand etwas nicht stimmen könne. Er riet mir, sogleich in die Koje zu gehen und mich einmal richtig auszuschlafen. Doch ich versicherte ihm, ich sei weder müde noch geistig verwirrt und hätte mich seit langem nicht so wohl gefühlt wie in seiner Gesellschaft.

Da verfinsterte sich die Miene des Kapitäns, und in strengem Ton forderte er mich auf, die Wahrheit zu sagen und zu gestehen, ob mein Gemüt nicht durch irgendein schweres Verbrechen, das ich begangen hätte, belastet sei; er wisse, daß in manchen Gegenden die Fürsten Schwerverbrecher in Kisten oder kleinen Booten auf dem Meer aussetzten, was einer qualvollen Todesstrafe gleichkomme. Ich hätte mich so seltsam benommen und so wirres Zeug geredet, daß er den dringenden Verdacht hege, einen solchen Verbrecher aus dem Wasser gefischt zu haben. Er wolle sich indes nicht zum Richter über mich aufspielen und versprach, mich im nächsten Hafen an Land zu setzen, doch zuvor müsse er die ganze Wahrheit erfahren.

Ich bat den guten Mann, meine Geschichte geduldig anzuhören, und erzählte ihm wahrheitsgemäß alles, was sich seit meiner Abreise von England bis zu dem Augenblick meiner Rettung zugetragen hatte. Ich hatte keine große Mühe, den verständigen Seemann von der Wahrheit meiner Worte zu überzeugen. Um aber noch zusätzlich den ein oder anderen Beweis für die Richtigkeit meiner Erzählung vorlegen zu können, bat ich ihn, er möge meinen Schrank herbeibringen lassen, zu dem ich den Schlüssel in der Tasche hatte. Dies geschah, und ich öffnete ihn in seiner Gegenwart. Nun zeigte ich dem staunenden Kapitän meine kleine Souvenir- und Raritätensammlung. Da war eine Anzahl Nadeln von der Länge eines Fußes bis zu einer halben Elle, vier Wespenstacheln so lang wie Stricknadeln, ein Sack ausgekämmter Haare der Königin, ein goldener Ring vom kleinen Finger der Königin, den sie mir einst geschenkt und wie ein Hundehalsband über den Kopf geworfen hatte.

Ich bat den Kapitän, diesen kostbaren Ring als Dank für seine freundliche Hilfe anzunehmen, was er jedoch strikt ablehnte. Ich konnte ihn lediglich dazu bewegen, den Zahn eines Dieners anzunehmen, den er mit großer Aufmerksamkeit betrachtete und der ihm sehr zu gefallen schien. Der Zahn hatte einem von Glumdalclitchs Dienern gehört, der eines Tages über heftige Zahnschmerzen klagte und zu einem Zahnarzt ging, der ein solcher Stümper war, daß er dem armen Mann einen völlig gesunden Zahn zog. Er war ungefähr einen Fuß lang und hatte einen Durchmesser von vier Zoll. Ich nahm ihn an mich, ließ ihn gründlich putzen und legte ihn in meinen Schrank. Nun hatte ich offensichtlich dem Kapitän damit eine große Freude gemacht, denn

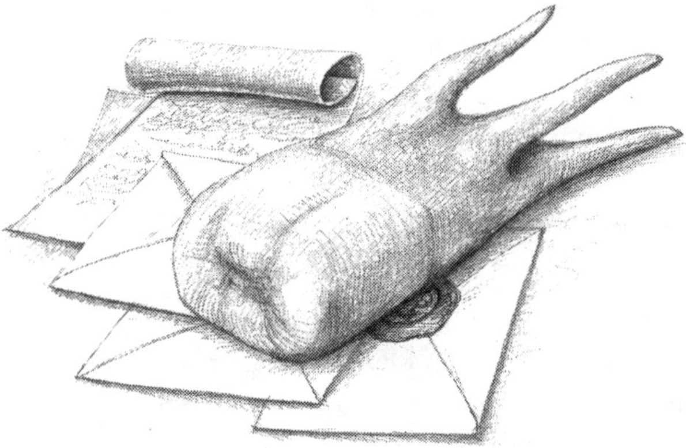

er bedankte sich überschwenglich für diese Kleinigkeit und überlegte, den Zahn als Briefbeschwerer zu verwenden.
Damit nun hatte ich den Kapitän von der Wahrheit meiner Erzählung restlos überzeugt, und er bat mich um Nachsicht für sein Mißtrauen. Sehr verwundert zeigte er sich darüber, daß ich beim Reden immer so laut schreie, und er wollte wissen, ob die Menschen in Brobdingnag alle schwerhörig seien. Ich erklärte ihm, daß ich in jenem Land immer in der Situation eines Menschen gewesen sei, der von der Straße aus zu jemandem reden muß, der hoch oben auf einem Kirchturm steht. Mit der Zeit hätte ich mich daran gewöhnt, in diesem Brüllton zu reden, genauso wie an den Anblick der riesigen Menschen und Gegenstände.
Nun lachte der Kapitän, schlug mit der Hand auf den Tisch und rief, er hätte hundert Pfund für das Schauspiel gegeben, den Adler mit dem Kasten im Schnabel durch die Lüfte fliegen zu sehen! Dann stellte er sich mit wohligem Schauder vor, wie ich mich beim Sturz in meiner Kiste und beim Eintauchen in das Wasser gefühlt haben mochte.
Das Schiff befand sich auf der Rückfahrt von Tonking nach England. Zwei Tage nach meiner Aufnahme an Bord setzte ein frischer Passatwind ein, mit dem wir zügig in südliche Richtung bis an die australische Küste segelten. Von dort aus ging es in westlicher Richtung weiter, bis wir das Kap der Guten Hoffnung umfuhren. In mehreren Häfen ging der Kapitän vor Anker, um Proviant und frisches Wasser aufzunehmen. Ich verließ das Schiff allerdings nie und blieb an Bord, bis wir am 3. Juni des Jahres 1706, neun

Monate nach meiner denkwürdigen Rettung, endlich England erreichten.
Da ich kein Bargeld mehr hatte, ich meine Überfahrt aber unbedingt bezahlen wollte, bot ich dem Kapitän all meine Habseligkeiten an. Er lehnte jedoch ganz entschieden jegliche Bezahlung ab und betonte, es sei ihm eine Ehre gewesen, mich an Bord nehmen zu dürfen.
Wir nahmen mit großer Herzlichkeit Abschied voneinander, und er mußte mir versprechen, mich in meinem Haus in Redriff zu besuchen. Dann gab er mir noch etwas Geld, damit ich mir ein Pferd mieten konnte, und ich machte mich auf den Weg nach Hause.

Als ich unterwegs sah, wie winzig die Häuser, das Vieh, die Bäume und die Menschen waren, fühlte ich mich allen Ernstes zurückversetzt nach Lilliput. So sehr hatte ich mich an alles Riesenhafte in Brobdingnag gewöhnt, daß ich befürchtete, jeden Reisenden, dem ich begegnete, zu zertreten, und ihn mit lauter Stimme anschrie, aus dem Weg zu gehen, was mir als unverschämtes Benehmen angekreidet wurde, so daß man mir ein- oder zweimal fast den Schädel eingeschlagen hätte.

Als ich nach einigem Suchen endlich mein Haus gefunden hatte und durch die alte, stattliche Tür schritt, bückte ich mich wie eine Gans, die durch ein Gatter kriecht, weil ich befürchtete, mir den Kopf zu stoßen. Meine gute Frau lief mir schluchzend entgegen und wollte mich küssen. Ich ging vor ihr in die Hocke, weil ich glaubte, sie könne meinen Mund sonst nicht erreichen. Auf meine Kinder und die Hausangestellten blickte ich herab, als ob sie Zwerge wären und ich ein Riese. Kurz, ich benahm mich so sonderbar, daß alle der Meinung des Kapitäns waren, als er mich zum erstenmal sah, und mich für verrückt erklärten. Doch schon nach kurzer Zeit hatte ich mich eingelebt, und meine Familie und die Freunde waren glücklich, ihren alten Lemuel Gulliver wieder gesund und munter in ihrer Mitte zu haben. Meine Frau aber bedrängte mich, ihr zu versprechen, nie wieder zur See zu fahren. Auf ein solches Versprechen wollte ich mich aber nicht einlassen, weiß man doch nie, was das Schicksal noch alles für einen bereithält ...

Nachwort

Zu Beginn des 18. Jahrhunderts erschienen kurz nacheinander in London zwei der bekanntesten Jugendbücher aller Zeiten: 1719 Daniel Defoes *Robinson Crusoe* und 1726 *Gullivers Reisen* von Jonathan Swift. Beide waren für Erwachsene geschrieben, beide wurden bald von Kindern als spannende Lektüre entdeckt.

Das war insbesondere für *Gullivers Reisen* nicht vorauszusehen, denn Jonathan Swift (1667-1748) galt und gilt im allgemeinen nicht als Jugendbuchschriftsteller. Er wurde als Sohn englischer Eltern in Irland geboren. Sein Vater starb vor seiner Geburt, so daß der Junge für seine Ausbildung auf die Unterstützung von Verwandten angewiesen war. Nach dem Studium in Dublin ging er nach London. Hier wurde er 1695 Priester der anglikanischen Kirche; hier lernte er bedeutende Schriftsteller seiner Zeit kennen. Wie viele von ihnen betätigte er sich auch politisch. Mit Streitschriften unterstützte er zunächst die Partei der sogenannten *Whigs*, später die konservativen *Tories.*

Als diese 1710 an die Macht kamen, hoffte Swift auf ein hohes Kirchenamt in England. Die Stellung des Dekans der St. Patricks Kathedrale in Dublin, die ihm übertragen wurde, war zwar ehrenvoll, aber dennoch kehrte er enttäuscht nach Irland zurück. Nachdem man in England seine Talente so wenig gewürdigt hatte, prangerte er nun in bissiger Weise die Unterdrückung Irlands durch die Engländer an. Das machte ihn in Irland sehr populär. Auch wenn seine Schriften ohne seinen Namen erschienen, wußte jeder, von wem sie stammten. Aber selbst durch hohe Belohnungen konnten die Engländer niemanden dazu bewegen, Beweise hierfür zu erbringen.

Gullivers Reisen, das berühmteste Werk Swifts, erschien ursprünglich 1726 unter einem langen Titel, den man so ins Deutsche übersetzen könnte: *Reisen in mehrere entlegene Länder der Welt. In vier Teilen. Von Lemuel Gulliver, erst Arzt, dann Kapitän mehrerer Schiffe.* Der Held des Buches unternimmt vier Reisen: in das Land Lilliput, wo er selbst ein Riese, in das Land Brobdignag, wo er ein Zwerg ist, in das Land Laputa, wo weltfremde Gelehrte, und in das Land der Houyhnhnms, wo edle Pferde herrschen. Auch dieses Buch erschien ohne Nennung des Autorennamens, kein Wunder, erkannten doch Swifts Leser an vielen Stellen Kritik an den Mächtigen und Einflußreichen seiner Zeit.

Später verstand man viele dieser Anspielungen nicht mehr. Dennoch behielten die phantastischen und spannenden Schilderungen insbesondere der ersten beiden Teile ihre Anziehungskraft. Sie sprachen von Anfang an auch die Kinder an, die aus eigener Erfahrung gut verstehen konnten und können, wie es ist, wenn große und kleine Leute zusammentreffen.

In deutscher Übersetzung erschien das Werk erstmals 1727 als Buch für Erwachsene. Im 19. und 20. Jahrhundert wurden dann die Reiseerlebnisse Gullivers bei den Zwergen und den Riesen vielfach für Kinder bearbeitet und nacherzählt. (Auf die Wiedergabe der anderen Reisen wird, wie auch in der vorliegenden Ausgabe, meist verzichtet, weil die Erzählung in diesen beiden Teilen für Kinder wie auch für Erwachsene von heute schwer verständlich und deutlich weniger spannend ist.) Film und Fernsehen sorgen dafür, daß auch viele Menschen in aller Welt, die das Buch nicht gelesen haben, mit dem Namen *Gulliver* etwas anzufangen wissen.

Dr. Freya Stephan-Kühn